梦萦
光明山

李根萍 著

中国言实出版社

图书在版编目(CIP)数据

梦萦光明山 / 李根萍著. -- 北京：中国言实出版
社，2024. 12. -- ISBN 978-7-5171-5029-9

Ⅰ. I267

中国国家版本馆CIP数据核字第2024ZJ6416号

梦萦光明山

责任编辑：曹庆臻
责任校对：王建玲

出版发行：中国言实出版社
　　地　　址：北京市朝阳区北苑路180号加利大厦5号楼105室
　　邮　　编：100101
　　编辑部：北京市海淀区花园北路35号院9号楼302室
　　邮　　编：100083
　　电　　话：010-64924853（总编室）　010-64924716（发行部）
　　网　　址：www.zgyscbs.cn　电子邮箱：zgyscbs@263.net

经　　销：新华书店
印　　刷：北京温林源印刷有限公司
版　　次：2025年1月第1版　　2025年1月第1次印刷
规　　格：880毫米×1230毫米　　1/32　　7.75印张
字　　数：146千字

定　　价：48.00元
书　　号：ISBN 978-7-5171-5029-9

序言
光明山，让我一生魂牵梦萦

有座山，让我念念不忘，魂牵梦萦。

山叫光明山，青翠，陡峭，沉默，冷峻，立在闽南漳州程溪，海拔百余米，平凡普通，没黄山之秀丽，峨眉之壮观，庐山之灵气，华山之险峻，初看很难留下印象。

与光明山相处久了，发现这山颇有个性，经络外突，有棱有角，铁骨铮铮，浑身伤疤，炮轰岿然不动，弹雨从不胆怯。

上世纪 80 年代初的深秋，我当兵来到光明山下，出门见山，抬头见山，清早起来在山下练兵，夜晚睡在山脚下，听风唱歌，借雨催眠，让梦在山里自由自在地行走。

在山下士兵方阵中，我和山颇为相似，裹着肥大的军装，普通平凡，矮小单瘦，站在队伍的末尾，操江西口音，三餐不忘辣椒拌米饭。

连队生活，简单重复。

早上起床，跑操，打扫卫生，吃早饭。早餐标配：咸菜、馒头加稀饭。早饭后，操课，扛炮，蹲在连队门口的桉树下操练。

一门炮，一座山，有相似之处，也有不同特点。

炮上了年纪，名叫82无后坐力炮。老炮专克坦克和碉堡，支在三脚架上发射，也可扛在肩上击发，嗓门奇大无比，重近70斤，通体乌黑发亮，习惯沉默不语，酷似个老兵在思考、总结某次战斗经历。老炮履历丰富，肩负使命，曾奉命出征，在西南边境战事中立过赫赫战功。究竟多少人使用过这门炮，老炮立过多少战功，班长不知，连长也不知，只有这门沉默的老炮心知肚明。

光明山整天沉默寡言，铁骨铮铮，性格刚直，坚忍不拔，酷似个永不退役的老兵，打一出生，心如磐石，坚守此地，风吹不动心，雨浇不挪步。

在炮连，老炮谦逊低调，从不夸夸其谈，居功自傲，即便是对待我这样的新兵，也从不端架子，显摆功名。老炮深知自己的使命，平时俯身耐心当陪练，战时怒吼显威把敌杀。

半天练打仗，半天学种菜。这是连队当年两大主要任务。

下午起床，哨子骤响，战友们自觉到草棚找出生产工具，下地种菜。连队种菜责任到人，每人负责两畦地。军营事事追求直线加方块，种菜也如此，先得学会整地。整地有学问，先用木桩固定四角，然后像木匠一样四边拉线，当然不是墨线，而是打背包用的黄色背包带。以线为基准，左瞄右看，多余的土要移到少土的地方，用铁锹反复拍打，使四边横竖成一线，四角分明。这哪是整菜地，分明是雕刻一件艺术品，一件旷世杰作。地沟里不能有泥巴和杂草，得用扫把扫干净。每天来到菜地，浇水，拔草，施肥，烧草木灰，山下那热火朝天的劳动场景，一生难忘。

种菜累了，我喜欢躺在菜地旁的木棉树下小憩。小溪潺潺，山风轻拂，鸟儿啁啾，花儿溢香，眺望连队菜地的菜苗，排列整齐，青翠欲滴，生命旺盛，宛如一个个朝气蓬勃的士兵兄弟，听令在此集结，以山为伴，坚守岗位，无私奉献，不求回报。

那时没有网络，没有手机，俱乐部里的电视常雪花飘飘，连队业余生活单调，除了打篮球，别无其他。偶尔会出个公差，去团机关搬个东西，或去驻倒桥的师机关办个事。出公差成了美事，主要是闷在连队久了，想去机关看看，更向往山外的世界。平时出去挺难，那时还没实行双休日，一般周六晚上或星期天才可请假外出，近的地方向班长请假就行，远的地方要向连队请假，探家还要报团军务股审批。

周末，战友们喜欢去团服务社和果林队转转，大多不是为了购物，而是出去散散心。那时营区没有围墙，团部门口果林队小店老板的女儿阿娇肤白貌美，老兵们有事没事就会上店里逗留。团里是个男儿国，十天半个月见不到一个异性，阿娇像强大磁场一样充满无穷的吸引力。不过，那时部队有规定，战士不能在驻地找对象，小店老板也放风，阿娇非军官不嫁。

指导员常站在连队的芒果树下，扯大嗓门对我们说："当兵进了光明山，就要当个合格兵！有山一样的定力，像桉树一样挺拔，像小河一样执着！"有时定型训练，顶不住想喊报告时，想起这番话，看看旁边的桉树，又忍住了。

祖国一声召唤，天南地北的战友会集在光明山下，不恋闹市钻山沟，抛洒青春不吝啬，虽说像光明山一样，普通平凡，但豪饮孤独当美酒，脚踏雷火不后退，面对死神不低头，每天为国人保障安全。

三年时光，说长也长，说短也短，眨眼自己成了老兵。枫红叶黄，驼铃声声，该和光明山告别了。

进山是深夜，出山是清晨，一轮红日照亮前行的路。回望光明山，骤然有些不舍。我陡然觉得，自己像是山里的一缕微风，在连队飘过，没留下一丝印迹；像山上的一棵树，挡过风，淋过雨，没有留下任何感人的细节；像山下的一棵小草，没有花香，没有树高，只是为营区播撒一点绿色。平凡，有时也是一种贡献，一种无法言语的崇高。

光明山，进山一片光明，出山光明一片。

挥挥手，不带走山里一片云彩，唯有脚下的步子稳健，脸上的皮肤黝黑，双肩充满无穷力量，可挑起一条河，搬动一座山，移动一片海。

在当过兵的人看来，"老部队"永远是心中最柔软的地方，是追忆青春的地方。18岁参军到光明山，在山下，我踢出了人生第一脚正步；在山下，我被深深地打上兵的烙印；在山下，每个军人无私献出了人生最美好的年华。

离开光明山，我又进了南京江北的老山，最后扎根在南京的紫金山。不过，只要去福建出差，我就像一只候鸟，惦念曾经栖息过的地方，一定想方设法去光明山看看，寻找军旅芳华初绽的记忆。现在的连长又是谁，是不是更年轻了？连队的伙食改善了吗？这个时候连队该熄灯了吧？阿娇最后嫁给了谁？……

光明山，一座普普通通的山，见证士兵浴血荣光的历程，承载着军人成长进步的梦想。

每次进山，我可真切触摸到山下发展变化，感受到士兵忠诚的基因、胜战的品质、作风的传承，还有老兵的希冀。

光明山，一生牵挂。

李根萍

2024 年 6 月

目　录

叠被子

一场纷纷扬扬的鹅毛大雪后，大地披上了喜庆的银装。人们争相出去打雪仗，堆雪人。军营也不例外，一件件立在雪中的作品，令人叹服叫绝。

欣赏堆在雪地里的那床被子，犹如能工巧匠，斧劈刀削，方方正正，线条清晰，有棱有角，散发出浓浓的当兵味。看见这床被子，陡然勾起了我从军之初叠被子的往事。

部队驻地在闽南漳州的光明山下，一幢幢石头砌的营房或挂在山腰，或立在山脚。我分在的炮连藏在农场池塘下的桉树林里，紧邻团通信连。清早起来，我像在家一样，将尚存樟脑丸味的黄军被卷成个麻花，往床角一扔，端上脸盆洗漱去了。

刚回到排房门口，便听见班长在里面喊："靠窗口上铺的被子是谁的，快来教你叠被子！"这是我的床，原来是在喊我。被子不是叠好了，还要教什么？叫我的是班长李驰，人高马大，走路生风，令人敬畏。他见我回来了，让我将"麻花被"抱到下铺，开始给我做示范。只见他拉开架势，两只袖子向上一推，双手捏住被子同边的两角一抖，继而一折，用腿一压，反复推抹，两指用力一划，最后一合，一床二层三叠方方正正的被子便叠成了。

这功夫还了得，看得我眼珠子都瞪出来了，大气不敢出，甘当"小学生"。从今天起，照这样子开始叠被子，不能再卷"麻花被"了。班长打开被子重做了一下示范，让我自己开始体会。

被子叠成"豆腐块"，看似容易，做起来可难了。幸好还有点现成的印痕，马马虎虎还能照葫芦画瓢叠起来。等班长走了，我叠了两次，枯燥无味，不想再练了，也觉得叠得差不多了。

因新兵还未到齐，下午干完农活，连里就安排我们练习叠被子。当兵不练枪打炮，叠被子有什么好练的。我根本未当回事，整了整被子，提个小马扎，抱本书来到连队门口的桉树下，如痴如醉地"啃"起来。桉树有种特有的清香味，特别好闻，提神醒脑，让我看得特别认真。

晚饭前，连里检查内务。连长方炳海带几个班长进了排房。不一会，李驰黑着脸出来了，大喊着我的名字。糟了，我中招了。刚踏进排房，连长站在我的床前，眼睛瞪得老大，像是要鼓出来，对我吼道："叠了一天的被子，怎么还这个水平？赶紧重来，叠好再吃饭，叠不好晚饭就不要吃了。"

听完这话，一头雾水，难道不用枪不用炮，叠被子就能把敌人给叠死？真想不通，更不服气。战友们排着队，高喊着"一二三四"吃饭去了，唯独把我留下来，心里真不是滋味。摊开这床烦人的被子，拼命拉平除皱，越是心急，被子越是不成样子，不是长短不一，就是四处不平，看来我今天晚上真要挨饿了，有些酸酸的感觉，还有些想家。

这时我感觉有人进来了，这会儿哪会有人来呢？我绝望地回头一看，是班长李驰。

"不急，我来帮你。"李班长又挥起那双蒲扇般的大手，三下五除二，变魔术一样，被子分分钟就叠了起来，且方方正正，无一丝褶皱，似刀削斧劈出来，有棱有角，成了秀色可餐的"豆腐块"。我赶忙将帽子轻轻放在被子上，帽檐朝外，总算可以去吃饭了，终于舒了口气。

路上，班长告诉我，可不要小看这叠被子，它与走队列等都是完成对一个军人的"基础格式化"。只有打牢每个基础，方能成为军人，成为合格的军人。

傍晚，夕阳从窗口照射进来有些晃眼，我还是有些不太理解。

晚点名时，方连长笔直地站在连队门口的芒果树下，扯开嗓子说："同志们，叠被子，可不是小事，更不可小视，因为它能养成军人追求整齐划一的良好习惯，能培养军人一丝不苟的战斗作风……"站在队伍中的我仔细听着，就没有听见有"叠被子能把敌人叠死，能把敌人叠得吓跑"的作用。心里暗想，连长是不是有点小题大做？

晚上，我爬上铺开始休息。连队不管春夏秋冬都统一挂蚊帐，是那种厚棉纱的，冬天还可挡挡风。熄灯号响过后，排房里的灯被值班员关掉了。我躺在蚊帐里，想着这床好不容易叠好的被子，真不想破坏掉，明早要是叠不好，又会没早饭吃。何况班长也不可能天天帮我叠被子。于是，我突发灵感，干脆和衣而睡，反正闽南的冬天也不冷，咬牙顶顶就过去了。

凌晨，我迷迷糊糊中被人推醒，睁眼一看，是方连长，打着蒙了红布的手电，正对着我的被子。这下糟了，不知又会摊上什么事。猛地一惊，瞌睡醒了一半，立马坐了起来。连长伸出食指放在嘴边，示意我不要说话，随手拉开我的被子，轻轻告诉我："这样睡不行，会感冒的，快脱下衣服放心睡吧。"他看着我衣服全脱掉后，才关掉手电出去了。

兵的一天从哪开始呢？是从整理内务开始。对农民来说，一年之计在于春；对于军人来说，一日之计在于被。我们每天早上起床第一件事，就是把被子叠成"豆腐块"，洗漱后把杯子、水壶和鞋子等摆成一条直线，每个桶和脸盆都按规定摆放整齐，室内被官兵打扫得干净整洁，一尘不染。

每天整理好内务，军人便开始迎来崭新而又充实的一天。

每天早饭前，连队雷打不动检查内务卫生，其中被子是重要内容。真是怕什么来什么，我的被子常被点名重来。因此，早饭常比别人要晚些吃。叠着这恼人的被子，我还未把敌人叠死，反而自己先要被被子叠死。那些日子，我一听叠被子就反感。

周日，别的战友上服务社购物，到邮局给女友寄信，去爬光明山或会老乡了，而我一点心思都没有，爬上床铺，开始练习叠被子。热闹的排房里仅剩下我，寂静得连掉根针都能听见。叠吧，千万不能让被子给打败了，不然真对不起自己入伍的宣誓。

冬日的太阳透过芒果树隙，暖暖地洒在我的床上，洒在我的身上，可我一点也不觉得暖，反而感觉有些冰凉。方连长这时进来了，手中提个方凳子。他这是要坐着看我叠被子？我心里开始紧张起来，连长坐在旁边，这还了得，这该死的被子能叠好？只听见心"怦怦"直跳，似乎要蹦出来。

原来我想多了，连长是来帮我叠被子的。他让我将被子抱下来，平放在下铺，用方凳的凳面将被子来回碾平，里外都来一遍，还真是管用，被子里乱七八糟的棉絮，这时像队伍里的兵们听到看齐的号令，全乖乖地听话了，躲在里面挤成一个平面。被子叠好后，连长再用凳子四面用力压，反复捏和拉，原本面包般蓬松的新被子，像是施了魔法似的，转瞬间有模有样，左看右看都舒服养眼。

连长一边压被子，一边告诉我，这叠被子呀，练的是心性，在反复叠被子的过程中，能够很好地静下心来，减少浮躁。军人最重要的就是服从命令，而不是过分地强调自己的想法。世界上许多国家的军人都叠被子，为的就是整洁美观。在美国军队里，其实也有个这样的规定，并且比叠"豆腐块"更让人难以理解，那就是每天都要把自己的鞋子擦得一尘不染，就连苍蝇在上面都站不住脚。

方连长的话让我醍醐灌顶，原来叠被子是练心静、练统一、练作风。军人任何时候都要保持干练、整齐的作风。

被子是三分叠七分整。从这以后，只要有时间，我就会精心打磨床上的被子，宛如少女精心为自己美容。有时也会学着连队的老兵，在上面洒水，用干净的石头或红砖在上面反复地夹压，让被子任何时候都保持方正，不留一丝褶皱。渐渐地，内务卫生的标兵栏里，开始有了我的名字……

第三年，我当上了副班长。班副班副，生产内务。新兵来了，我也学着李班长那样，手把手教新兵叠被子，给他们讲解叠被子的重要意义。

光明山，进山一片光明，出山光明一片。

后来，我长期在机关工作，每天住在家里，不再盖军被，更不需叠"豆腐块"，但只要下基层见到黄军被，就会想起连队的生活，想起教我叠被子的班长和连长，想起他们曾经给我的鼓励和浓浓的爱……

点　名

　　点名是基层连队"一日生活制度"的主要内容之一，也是官兵日常生活中最庄严的瞬间。凡是穿过军装的人，第一次点名时的情景煞是难忘，令人回味。

　　操场上或营房前，队伍像刀切斧劈般笔直整齐，兵们挺胸收腹，英姿飒爽。随着连队值班员下达口令，清点人数，整理着装，再用洪亮的声音向连队干部报告后，点名就开始了。

　　听到连队干部呼点自己的名字时，立马会用尽全力答一声"到"，瞬间热血沸腾，浑身充满无穷的力量，那声音更是如同连队一枚枚炮弹从胸腔里呼啸而出，响彻山谷，震动寰宇；如一辆辆战车奉命出动，一架架战鹰紧急升空，也如一面面战旗在炮火硝烟中猎猎作响……

　　我清晰记得我第一次点名就出了大洋相。那是入伍第三天，集合哨响起时，我正巧如厕方便。连队驻扎在闽南漳州光明山下，房子是石头砌成的低矮平房，厕所也一样，不过是敞开式的，坚固得像个碉堡，四处透风。我蹲在里面自然能清晰地听到哨声，还有战友们杂乱急促的脚步声。可我仍岿然不动，心想，人有三急，还能不让人如厕？

当我不紧不慢地出了"碉堡"，走向操场喊报告时，方知自己摊上事了，摊上大事了。李班长双眼直瞪着我，似乎要把我吃掉；方连长斜我一眼，满脸严肃。真倒霉，我这个新兵如个厕竟"中靶"了，被单独"晾"在了操场边的桉树下。当时我不以为然，甚至认为这是小题大做。

点名结束后，方连长脸色好看多了，瞄了我一眼，又站在队伍前扯开了嗓子："同志们，作为军人，号声就是命令！战争年代关乎战斗的胜败和生命的安危。听到号令，不管在哪里，在干什么，都必须立即跑步赶到，这是一条铁的纪律，必须吃进肚里，牢牢刻在脑子里。"刚入伍三天的我，觉得他说的有些夸张和玄乎，和平时期一次普通的点名，又不是集合去打仗，有必要这样严肃认真吗？

当天晚饭后，指导员特意找我谈心。他说："中国古代有个穆桂英，挂帅后天天在校场点名。一次，她男人杨宗保无故迟到，屁股被打了一顿板子。现在国外一些军队实行军人职业化，士兵晚上回家休息，但在离营前必须集合点名。在咱们军队里，点名更是一项光荣传统，对协调部队的工作、生活秩序，培养指战员果断的战斗作风起着重要作用。"

指导员讲的这些道理和生动的故事，让我茅塞顿开，大彻大悟，对点名也油然产生一种神圣感和庄严感。以后每次参加连队点名，我都认真严肃，再也不敢马虎了。

"宁上一班岗，不点一次名。"这是连队老兵们的口头禅。他们都说参加点名可不是件舒服事儿，因为站一班岗虽说要站两个小时，但眼睛是自由的，手也可适时动一动，有时甚至还可原地走动走动，尤其是连队站夜岗，需四处巡逻，警卫重点部位。点名可就不行了，十五分钟内，大家必须一动不动地立在原地练站功，即使累了稍息换下脚，次数也不能多，更不能发出响声。特别是夏天，酷热如蒸，更是难受。

在闽南生活过的人都知道，夏季十分炎热，往暴晒了一天的操场上一站，犹如掉进滚烫的蒸笼，热气灼人，令人窒息。连队百十号人挤在一堆，蚊子"闻味而至"，甚是兴奋，频频在身旁四处骚扰，"嗡嗡"地叫着，不时朝脖颈、面颊和手背等裸露处"狂吻"……如此站上几分钟，全身的毛孔就会陡然张大，汗水拼命地往外涌，头上和脸颊上最多，不停地往下流淌到胸前的腰带上，发出生涩的回响，经常是点次名腰带全汗湿了。有时一阵风来，汗珠还会滴在鞋子上，发出轻微的响声，但汗很快就干了。连长经常在队伍前吼道："军人枪林弹雨都不怕，还怕流汗？流汗是军人的本色，平时多流汗，战时少流血。"

午夜时分，连队拉练到小山村，温度骤降，天下小雨，泥泞难行。宿营后，连队值班员考虑新兵又困又累，没点名就让我们睡觉了。方连长知道后，大发雷霆："军人这点苦累算什么？点名制度无论何时都要坚持。"没法，我们只得从温暖的被窝里爬起来，直到点完名才睡觉。

有一次点名，没有任何事情，方连长故意叫大家站十五分钟，看谁站得直、站得稳。这十五分钟真比一年还长。全连战士像一根根木桩，也似一棵棵桉树，直直地立在操场上。四周静得要命，连人的呼吸仿佛也被寂静吞噬了，只能感觉到气流的流动，却听不到一丝声音。唯有连长的那块破手表，嘀嘀嗒嗒地响个不停。我站在队列中和战友一样，浑身肌肉都难受，像是在过火焰山，非常渴盼时间快点跳过，偏偏这时飞来一只捣乱的虫子，在我脸颊旁轻舞飞扬，令我周身难耐，心想：小东西，还不快走，等点名结束，你就没命了。谁知这该死的小虫子不但不躲闪，还落在了我的眼皮上。它好像知道我这时连眼珠子都不能动，更不能拍它，竟故意伸出柔软的细腿，在我眼睫毛内侧徐徐拨动，接着狠狠蜇了我一下，刹那间钻心般的疼痛，眼泪也"哗哗"地流了下来……

点名结束后，我的眼睛渐渐肿成大红桃子，连眼皮也睁不开。方连长为此在点名中多次表扬我，说蚊虫叮咬，纹丝不动，定力十足，这才是一名合格的军人！他还陪我去卫生队换药，交代班里的战友照顾我。心里虽有委屈，但也使我深深地领悟到：军人，必须时刻牢记着"我"，又必须时刻忘记"我"，方能战胜艰难困苦，经受残酷考验。

在光明山下的连队，我曾立志当一名威震战场的炮兵，谁知阴差阳错，后来当上了军事记者，以笔讴歌金戈铁马的军旅岁月。每次到连队蹲点，我喜欢往兵堆里钻，沾一身兵味，更喜欢在连队晚点名时，值班员呼点自己的名字。站在队伍的最后，我铆足了劲大声答"到"，这个时候让我仿佛又回到光明山下的连队，看到了自己当新兵时的样子，想起那些点名的难忘场景，想起连长当年的教诲。同时，也让我深深地明白，自己从哪里来，要到哪里去！

眨眼，我已是一个拥有近四十年兵龄的老兵，其间在多个单位和机关工作过，也经历过许许多多的事情，要说当年在新兵连记忆最深的是什么，我总是脱口而出——点名！

草　棚

　　"八月秋高风怒号，卷我屋上三重茅。"每当念到这两句诗，就会自然而然地忆起闽南漳州光明山脚下的老连队，想起连队那一排排低矮窄小沉默不语的草棚。

　　草棚有年岁了，如头老水牛静静地卧在连队后面的田埂旁，隐在茂密的桉树林中，藏在郁郁葱葱的芭蕉叶下，依次排列，整十四间，与连队石头砌成的营房并排，但地势低一等，中间隔条沙子铺就的大路，屋顶正好与路平齐，每间五六平方米，高过人头一点点，大个子稍不注意进门就会碰到头。

　　说是草棚，其实棚顶并非覆盖山间之茅草、田野之稻草，而是黑色的厚瓦，横梁是毛竹，墙是用竹片糊泥，有点似北方干打垒的泥巴墙，或许名字就是这样来的。

　　连队的草棚，不是用来储存草料的，而是用来存放生产工具的。

团里几乎每个连队的前后或旁边，都有一排低矮破旧的草棚，宛如连队一个个普通平凡的兵，一般不太被人关注，甚至会被忽视。

从外观上看，草棚有点像村里的牛棚，粗糙，简陋，漏风，斑驳泥墙，石棉瓦顶，仅能放下张八仙桌，"吱吱呀呀"的木门上坚守着一把锈迹斑斑的铁锁，似是站着一个忠实的哨兵。人进去，将门掩上，刚刚还严肃紧张的心立马放了下来，暂时远离口令和军号，也可按下转换键，瞬间变成父母膝下的儿子，恋人身旁的男友，可无拘无束，可动情擦泪，也可大吼几声，还可对着悬在梁上的沙袋猛打几拳。正值青春期的战士，总想找个地方发泄一下。

老兵告诉我，草棚与团里的营房同龄，大抵有三十多年的历史了，可算得是团里的"老人"了。它每年送走了一茬又一茬南来北往的兵，唯独留下自己忠实守候在这里。静静的深夜，清寂的黎明，它是否会想念那些曾与它朝夕相处的战友？是否会想到那些战友的故乡去看看？风从屋顶刮过，鸟儿在门前飞过，它从未透露过自己的心迹。

部队有个光荣传统，既是战斗队，又是生产队，尤其在军费极低的年代，更突出这两个队的特点。那时国家不富裕，部队过"紧日子"，需自己动手弥补经费不足。清晰记得，到连队第一天早饭后，哨声骤响，班长不是让我去走队列或操枪弄炮，而是通知我去割稻子。部队也要割稻子？真的让我意外，甚至以为是听错了。要知道，我可是刚从家中收割完晚稻来当兵的，到部队还要干这个，确实有点不太相信。但这是真的，一点也假不了。当时连队像个"村里人家"，不但种稻子、种甘蔗，还养鱼喂鸡，尤其是菜地多，责任到人，每人分管两三畦地，需天天打理，四季不能摞荒，种菜种得好，还可立功受奖。连队专门设生产班长，这在世界军队中罕见。

当年，我常笑称自己当的是"半军半农"的兵，因为连队半天搞训练，半天搞生产。每天下午起床后，一声哨响，连队就像生产队开工，战友们荷锄挑桶下地种菜。每天下午出了排房，就进草棚，找生产工具，进出多了，渐渐地对草棚有了感情，熟悉得如班里的每个战友，里面有几件工具，摆在什么位置，何处墙上有老兵留下的打油诗，哪里有个小洞，可看见芭蕉林和营部家属房的炊烟，清清楚楚，张口就来，离开部队多年都不曾忘记。

连队的大排房里，塞进一个排三个班几十条汉子，这个弹吉他，那个吹口琴，还有练嗓子的，整天难以安静下来，发个呆，想个家，给女友写封信，看看书，多有不便，干扰甚多，这时会想到简陋清静的草棚。草棚虽简，但倾注了一茬茬兵的感情，留下了他们一件件"杰作"，有木板支成的桌子，有弹药箱做的凳子，尽管粗糙，土得掉渣，但很实用。那时连队没有学习室，仅班排长有张桌子，草棚便成了班里每个兵的"万能室"。

芭蕉叶下，芒果树旁，草棚虚掩，谁的眼泪在飞，谁的心思在倾吐，连队的战友心知肚明，棚内棚外，一门之隔，不会惊扰，即便有事，也不会敲门，坐在旁边的树下等，不走动，不出声，给战友留点独处的时光，是对战友最好的关心。

草棚也曾是个青涩的新兵，也有过年轻俊秀威武亮堂的时光。它清晰记得，有支队伍从北而来，一路追敌，实在太累了，见此地风景不错，地势也好，便留在了光明山下。盖完兵舍，总觉少了什么，原来是工具没地方安放，于是再上山砍树，下田和泥，叮叮当当，竖起了一排排草棚。几十年过去了，寂静的深夜，草棚常常呓语呢喃，它是在念叨当年搭建棚子的老兵，不知他们现在身在何方，过得可好？也在念叨班里的一个个兄弟，分别好多年了，怎么不进山来看看它……

草棚虽陋，清爽温馨，不失热情，不少友情。战友来了，买瓶啤酒，加个罐头，提到草棚，插上电炉，将连队的菜和罐头倒进铝盆，合在一起，加热合炒，是当年山下最好的菜肴。香味袅绕，战友情深，一口菜，一口酒，一生情，不能忘，藏在草棚中，记在芭蕉叶上，刻在芒果树丛里。

连队草棚酷似连里的老兵，一茬茬兵都走了，出山了，它却留在了山下，一生不离不弃，从不多说一句话，不多走一步路，忠实守候在此。战友想来随时开门，想走尽管放心。它一直陪伴着连队，陪伴着战友，守着清贫的岁月，守着军号声声，守着我们钉上领章帽徽，守着我们手上肩上长出厚厚的老茧，守着我们从新兵变成老兵，守着我们走出山里，挥别闽南。

如今，我在光明山下一直寻找，找啊找啊，就是不见草棚的身影。它在哪里呢？我不相信它会当逃兵，它也从不会有离开的想法，或许它是在和我这个老兵捉迷藏，藏在山中的草丛里了。

连队简陋的草棚，早已是我最忠实的战友，它贮存了我的回忆，贮存了我军旅青涩的时光，铭记着班里每个兵的指纹，记得每个兵的笑声，目睹军旅岁月荣光，见证每个战友成长进步之喜悦。

人的一生中，总有一些美好的回忆，需要以最合适的方式来传承；总有一些珍贵的情愫，需要以最原始的方式留住。连队草棚如同山下一个个兵，似乎未曾留下什么，功劳簿里不见名字，历史上也难写一笔，可是为国保障安全，不可或缺，正如桥上的栏杆，一日不能少，少了肯定不行。

如果能重新选择，我就回到光明山下，做一间简陋沉默不语的草棚，青山做伴，树木掩映，瓜果飘香。清晨或是傍晚，木门会"吱吱呀呀"响起，年轻的战友进进出出，清晰听见操场上的哨声、口令号，还有山下的军号声和枪炮声……

一个老兵，只有和他连队的战友在一起，才会永不孤单，浑身充满朝气和力量。

藏在树上的扫把

小寒节气，呼啸的北风将大院梧桐树上的叶子无情地打落，密密麻麻铺在地上，四处一片晃眼的金黄。

警卫营新分下来的五个列兵扛着大扫把，精神抖擞地进来扫树叶。初来乍到，有些好奇，不时向院里四处张望，发现没人注意，便放松下来，开始相互追逐打闹，脸上满是稚气。

看见新兵扛着扫把的样子，陡然触动了我情感世界中的那根弦，不由忆起自己当新兵的日子，还有扫树叶的故事。

部队驻扎在闽南漳州的一座山下，山有个寓意深刻的名字——光明山。进山一片光明，出山光明一片。这挺拔峻峭的山啊，像伸长的一只巨臂，无私地为我们撑起一道天然的屏障，也让我们这些来自山里的孩子倍觉亲切自然，有种到家的感觉。

那时团直属炮营的新兵就住在本连队。我分在82无后坐力炮连，就是电影《高山下的花环》中"小北京"扛的那种炮，专打坦克、碉堡和工事。连队专门腾出一个大排房，让我们三个排的新兵集中居住。

清晨，起床号将我们从梦中叫醒。天上繁星闪烁，山里一片静寂，我们开始出操了，戴正帽子，打着哈欠，扎上外腰带，踩着沙子路，围着连队营房跑上四五圈，那一声声口号，响彻山谷，惊醒树上的小鸟，迎来了新的一轮朝阳。回到排房后，天开始渐渐大亮，这时统一开始打扫卫生了。

闽南气候宜人，连队前后仁立着一排排茂密的芒果树和荔枝树，只要风姑娘用力将树摇一摇，总有叶子经不住大地的诱惑，落在沙子路上，飘在连队门口的花坛边，就像军区大院里的梧桐树叶，四处起舞。路上掉几片树叶，在直线加方块的军营，倒是增添了几分浪漫，不必立马清扫。可连队要求甚严，任何时候路面都要保持清洁，更不能有落叶，团里还会常抽查，因此打扫树叶是项经常性任务。

当我出完操，放下腰带，出来打扫卫生时，连队外面热闹开了，动作快的新战友早就抄起扫把在扫落叶。真是怪事，我从新兵排房找到老兵排房，竟然找不到一把扫把，连簸箕都没有，空着手站在连队门口如坐针毡，双手不知放在哪好，也不知站在哪儿合适，因为排房是不能回的，待在里面会更难受。所有的兵，都有一股子强烈的上进心，事事不甘落后，生怕被班长和连队干部批评。

连队干部洗漱完，会过来走走，东看看，西瞧瞧，看似无意，实际是看看谁在打扫卫生。要知道，每天晚点名，除表扬训练优秀者，打扫卫生也是一项重要的讲评内容。

连续两天未抢到扫把，我难过了两个早上，吃饭也不香，好像班长看我的眼神都有些不对劲，可能误会我是故意偷懒。第三天出完操后，我特意先到连队门口的工具棚里，抓上一把扫把后进排房，再放帽子和腰带。当我慢悠悠迈出排房，在门口从容地扫树叶时，当天没有抢到扫把的人，都向我投来羡慕的眼光，也似乎明白了什么。

当天晚点名，班长首次表扬了我，看我的眼神全是肯定。我整个人都要飞起来了，真有些过年般的开心，多亏这把扫把帮了我。

谁知第四天出完操，战友们都争相效仿我，二话不说就冲向工具棚抢扫把。因排头靠着工具棚，个儿不高的我排在队尾，等前面的人散去，里面早已空空荡荡，我只能失望而归。

站在连队门口，打量着抢到扫把的战友甩开膀子扫树叶的样子，我心里难过极了，真想一夜间自己长高一些站在队伍前面，能顺利抢到一把扫把，赶跑早上的难堪。

真是怕什么来什么，眼睛余光中瞧见连长方炳海向我这边走来了，心里更是不安，恨不得找条地缝钻进去。谁知他老远扯开嗓子喊我，让我去整理一下俱乐部。连长是广东人，爱兵如子，脸黑似炭，走路生风。或许善解人意的方连长，是故意让我暂避一下尴尬。我没多想，拔腿就冲进俱乐部，浑身是劲地忙了起来。

扫把，扫把，一扫之把，咋就难倒了我这个七尺男儿呢？训练闲下来，我就坐在树下想着扫把之事，甚至见到扫把如同见到我舅舅一样亲切，恨不得整天扛把扫把在肩上。一天晚上，我竟在梦中大喊："班长，给我把扫把！"一说起此事，全班战友的肚子都笑痛了。

周日，团里三营有个同乡老兵来看我。他问及我部队生活过得是否习惯？我有些为难地告诉他，别的一切都好，就是早上抢扫把太难。老兵听后，哈哈大笑，然后给我支了一招。或许这是他当年当新兵时的宝贵经验。当晚，熄灯号响过之后，战友们上床开始休息了，我却无心入睡，因为还有大事要办。窗外月光如水，室内鼾声如雷。时机到了，我蹑手蹑脚下了床，出门直奔工具棚，选中一把结实的扫把，悄悄地藏在一棵茂密的芒果树上。

早上出完操，当大家像以往一样抢扫把时，我却不慌不忙地进了排房，放下腰带和帽子，然后轻松地吹着口哨出来了。当没人注意我时，便迅捷地从树上找出扫把，开心地扫着树叶。

可没过几天，我藏扫把之秘密还是被人知晓，等我再去树上取扫把时，扫把早已不见了影踪。站在树下，不知所措，好好的一招被人破了，甚是沮丧。徘徊在树下，不由想起连长上军事理论课时常讲的一句话："打仗不能因循守旧，要善于用计谋，方能战胜对手。"对了，狡兔三窟，我不能每天固定一个地方藏扫把，要不停地变换位置，让战友们捉摸不透，发现不了。

当天晚上，我吸取教训，将扫把转移到了荔枝树上。过几天，我路过连队草棚时，发现芭蕉树更有特点，便于隐藏，不易发现，有段时间，扫把一直藏在密不透风的芭蕉叶里，犹如当年游击队员躲进了青纱帐，安全得很。

往后，每天早上扫树叶的队伍中都能见到我。方连长有天问我，你小子为何天天能抢到扫把？天机不可泄露，我对他也守口如瓶。他见我神秘兮兮的样子，摇了摇头走开了。

三年后，我北上去到南京上学。离开连队时，连长又问我藏扫把的秘密。终于可以解密了，当我把活学活用他讲的军事理论用于藏扫把时，他哈哈大笑，眼泪都出来了，拍着我的臂膀说："你小子要是跟我上战场，一定让你当我的'参谋'！"

光阴荏苒，眨眼几十年过去了。今天见到扫树叶的新兵，让我陡然沉浸在了往事的回忆中……

其实，回顾军旅路，谁没有一把藏在树上的扫把呢？

军旅影趣

上世纪 80 年代初，我入伍来到闽南漳州光明山下的步兵团。火热的军营生活给我留下诸多难忘印象，特别是看电影时的种种趣事记忆尤深。

白天在训练场上摸爬滚打一天后，晚饭后还要挑肥搞生产，打理连队没完没了的菜地。种菜不吃"大锅饭"，责任到人，每人分个几畦地，一年四季地里都不能荒，更不能有草，所以晚上最盼望的是看上一场电影，彻底放松放松。

晚饭前集合时，只要值班员通知看电影，战友们立马欢呼雀跃，开心得似过年，歌也唱得响亮。这天晚饭吃得特别香，那些少油无肉的菜肴都变得十分有味，宛如过节加餐时的大肉大鱼。

晚饭后，连队一般不会安排什么工作了，我和战友们早早地洗过澡，换上干净的衣服，提上小板凳，提前坐在连队门口的芒果树下吹牛拉呱，等连队值班员吹集合哨。

炊事班总是忙到最后到，他们一出现，立马会响起集合的哨声。看电影的路上，在队伍中可说说话，值班员不会像训练场上那样严肃，有时也会和我们开开玩笑，但提示喊口号时，战友们就会收住笑声，放开喉咙，喊得山响，常常惊飞路旁桉树上的鸟儿。

团影院与都市影院截然不同，是个十足的"露天石殿"，里里外外都用青白相间的闽南大麻石砌成。影院四面是两米多高的围墙，里面是层层叠叠、高低起伏的弧形石阶构成的斜坡，供我们看电影时坐的。机房设在斜坡正上方的小房子里，也是石头砌成；银幕气势磅礴地竖在斜坡的下面，长宽十米有余，同样是石头砌成的。据老兵介绍，工兵团当年建这个电影院，前后花了两年多时间，团里许多老兵参与了建设。银幕后面是个能容纳全团官兵的大操场，团里阅兵、会操、开运动会、誓师大会等重大活动，皆在那里举行。

我们全连人马浩浩荡荡地穿过一片茂密的树林，走过一段沙子路后，会集在银幕后面的大操场上，其他连队也陆续赶到这里，夜幕下偌大的操场上人头攒动，热闹非凡。

有时碰上等片或离放映还有点时间，我们可在操场上逗留一会，这便是兵们最自由的时间，趁机可到别的营连，找到久未相见的同乡战友，在草上席地而坐，多是神侃训练中的苦累或生活中的种种趣事，这个场合连队干部一般是不会多管的，只要按时集合就行。

附近的村民获知部队晚上放电影，早就拎着马灯、背着竹筐来卖麻花。要是当月津贴有余的话，花五毛钱便可买根麻花解解馋。这金黄色的麻花吃起来又香又脆，唇齿留香，是我们当时最好吃的小吃。

进场时间到了，军务股的值班参谋戴着红袖标，威严神气地立在机房下，手握麦克风，扯着嗓子大吼，将一个个连队呼进"石殿"内。参谋呼叫的方式也特别，一般不直呼某营某连，而是以营为单位编成代号，如30、40和50等，那时团里四周没围墙，这样既利于保密，又朗朗上口。操场上等候的兵们听见呼叫本营的代号，立马回到连队集合，营值班员把所属连队的队伍招呼整齐，喊着洪亮的口号，兵们雄赳赳气昂昂地向斜坡挺进。

影院门口两边设有4个目光犀利的纠察，军容不整的战友会被拦下来，待整改后方能进去。

进影院后，各个单位都找到自己固定的地点坐下来，但坐下的每个动作都是影前的评比内容。小凳子放置便是其中一项。听到值班员喊"放凳子"的口令后，刹那间啪的一声，成百上千张凳子一齐落在青石上，如神刀挥过无一丝杂音。听到"坐下"的口令后，其动作同样整齐有序，无拖泥带水。如有一人动作不协调，还要重来，直至达到要求为止。有时全营动作都整齐，营长还是让我们反复来了几遍，他就是故意练练我们的耐心和执行力。

部队坐下后便开始拉歌，这是电影放映前最热闹的时候。拉歌如打仗，先是连与连之间互动，而后是营与营之间

"交战"。每个单位都练就了几个嗓门奇大无比的拉歌员，间或轮流上场，交替出击，谁也不甘落后。

"一二三四五，我们等得好辛苦""一二三四五六七，我们等得好着急""某某连唱得好不好？再来一个要不要？""某某连，来一个；来一个，某某连"……这是一些常见的拉歌词，后来还不断地推陈出新，各亮绝招，不喊得脸红脖子粗决不服输。唱的歌一般是《打靶归来》《战友之歌》《走向打靶场》《学习雷锋好榜样》之类的革命歌曲。

我们连方连长是个创新派，不甘单调重复，胆子甚大，在全团率先唱起了新歌："我家的小妹，刚满呀十八岁，生得像一朵花，笑起来人更美，好多人都在追，她没有看上谁……"

歌未唱完，全场早已轰动，赢得了雷鸣般的掌声。枪打出头鸟，唱这样的情歌还了得，教导员坐不住了，眼睛瞪得铃铛大，当场对连长吼道："方大炮，你闯大祸了，等回去后再收拾你！"

政委倒觉得新鲜，情不自禁站了起来，接过值班参谋递来的话筒，当场表扬了我们连唱得不错，有新意，受欢迎，可推广，还和大家一齐喝彩鼓掌。从此往后，一些在大众中传唱的流行歌曲便堂而皇之地引进了团影院，也渐渐地在团里各个连队唱响。

放映途中，不得走动，即使是电闪雷鸣，倾盆大雨，仍须岿然不动。久了，雨水会顺着帽檐直流而下，真有闪进屋檐听雨声的惬意。有的新兵耐力不够，想出去避下雨或中途退场，但一见老兵坐如松的神态，陡然间打消了念头，立在雨中一动不动，直至电影放完。

斗转星移，沧桑巨变。如今电视和网络十分普及，电影渐渐淡出了曾经热闹的舞台，在部队亦如此。

一次，我回师里办事，在宣传科长曾科长的陪同下，回到了魂牵梦萦的光明山下，特意到"石殿影院"看看。

"苔痕上阶绿，草色入帘青。"令人惊奇的是，团影院保存完好，只是台阶上长满了青苔，四周围墙布满了爬山虎，台阶上以往明亮光洁的麻石条，也有些发黑发暗，没了当年的生气，宛如闲置在仓库的一门门老炮、一杆杆老枪，落满了岁月的尘埃。走进连队，战友们足不出户就可在学习室看电影了。

变是一种必然，也无法阻止。在新一轮军改中，老团队被撤并了，番号也写进历史，部队移防到了别的营区。但只要静下来，我就会忆起光明山下浑身充满朝气的岁月，想念当年"石殿影院"中的种种情趣，心绪如潮水般起起伏伏……

过 年

人喜欢怀旧，喜欢怀念曾经过往的岁月，过往的人和事。每当春节燃放喜庆的鞭炮时，我就会自然而然地忆起在军营过的首个春节。

福建海边有座光明山，在闽南漳州程溪高高地隆起，绵延无限，难见尽头。山上没有茂密的树林、潺潺的小溪，而是整日裸露着泛着光泽的肌肤，宛如粗犷的北方汉子，散发出浓浓的阳刚之气。

我的连队驻在山下，与山毗邻，开门见山，回营见山，梦里有山，天天与山形影不离。

新兵训练近三个月，还未分下连，年便不打招呼急吼吼地扑面而来。

要知道，在我老家赣西萍乡，一进入腊月，家家户户就开始"忙年"，杀年猪，做馃子，购年货，缝新衣服，熏腊肉，村里四处都是香味和甜味，还有燃放鞭炮的硝烟味。

军营的年与家乡的年千差万别。到了腊月的下旬，军营依然没有一丝过年的动静，更闻不到年的味道。部队临战训练抓得紧，天天枪炮声交替，营区里四处充满"打仗味"。

大年三十上午，年已触手可及。天公不作美，下着绵绵细雨，还有冷风作乱。连队将我们新兵拉到光明山下的训练场，开始打实弹。枪声稍停的间隙，我趴在潮湿的沙地上，抬头打量灰蒙蒙的天空，开始想家，想故乡的年……

"爆竹声中一岁除，春风送暖入屠苏。"此际的山村，想必鞭炮声此起彼伏，孩子们鼓鼓的口袋里，一边装满瓜子花生，一边装满爆竹。家乡是烟花爆竹之乡，家家户户都会像准备年货一样，购回大小不一的爆竹，除一部分用作扫墓和祭祖，其他的都留给孩子们玩。孩子们过年是不能没有鞭炮的，少了它，肯定少了开心，没了年味，没了喜庆的气氛，没了童年的回忆。可是军营到现在也不闻鞭炮声，只能听到密集的枪声和炮声。军营自有军营的年味，或许这些声音就是庆贺春节的一种方式吧。

实弹打完，班师回营，值班员大声宣布："今天是年三十，开始放假！"队伍中欢呼雀跃，有人还将军帽抛得老高。

过年了，训练再忙，也要将自己收拾干净，迎接新的一年。我和战友们洗净身上的泥巴沙子，换上了干净的军装，开始忙年了。老兵带着我们新兵在排房门口贴春联，内容充满浓浓军味：战旗猎猎披靡万里扬豪气，军乐声声威震八方鼓雄风；守千里边疆钢枪与星辰共灿，筑万里长城丹心和日月同辉……门口的桉树和芒果树上拉上铁丝，挂上了一串串红灯笼，陡然间严肃的兵营红彤彤，有了喜庆的氛围，有了特殊的味道。

值班员这时吹响哨子，宣布中午连队会餐，大家顿时又欢呼起来。那时部队过紧日子，每天伙食费仅几毛钱，肚子里常缺油水，桌上难见腥荤。周末会餐，常吃的是冰冻的海鱼，吃在嘴里如嚼树皮，一点味道都没有。

中午吃饭号响起，值班员整好队伍，喊着响亮的口号，激动地冲进饭堂，往日两个菜的桌上此际琳琅满目，大碟小盘全集合，肉鱼鸡鸭齐上阵，天啊！这可是自从进这个饭堂首次见到这么多好菜，细细数一数，共有十四个菜。更为破天荒的是，竟然还有啤酒。

有的新战友忍不住想动筷，被班长制止了。连长方炳海站起来扯开嗓子说话了："同志们，每逢佳节倍思亲，今年新同志在部队过首个春节，祝大家新年快乐！……连队给大家准备了酒，可不能放开喝，三个人喝一瓶，不是我连长小气，主要是战备需要……"我不由想起电影中八路军连长给民兵发枪的笑话："一个人一支枪，是不可能的；两个人一支枪，也是不可能的；三个人一支枪，还是木头的……"

三人喝一瓶啤酒，新兵都不太理解，有人小声埋怨连长太小气了，既然是过年，啤酒都不能管够。埋怨归埋怨，军令如山，一定要执行。后来自己成了老兵，当上基层干部，我才真正明白连长的用意，也深深懂得，军人任何时候都要枕戈待旦，不能有丝毫的麻痹松懈。越是过年，越不能大意，放松战备要求。世界上许多战争，都是节日发动的。

中午吃完饭，连队通知，每班派人到炊事班领面粉、肉和大葱，晚上以班为单位包饺子吃。年三十夜吃饺子？真有些不可思议，来自赣西的我也是首次听说。班长李驰是个急性子，饭后就带着我们忙起来。

连队后面的芭蕉林下，有一排低矮长长的草棚，平均每班有一间。原本阴沉的天开始变亮，雨估计一时不会下了。班长从草棚里搬出张旧桌子，抬至芒果树下，再找出两块干净的板，一块用来和面，一块用于剁馅，开始为晚餐忙活起来。夹在草棚中间的洗漱间，一时间成了临时厨房，不时传出刀碗的碰撞声，水里也冒出油花儿。

下午5点不到，班里的饺子煮熟了，香味在树林中袅袅绕绕，起起伏伏，把别的班的战友都吸引来了，夸我们的饺子香。班长甚是大方，来人就给尝一个。最后，我们每人分到八个饺子。班里有个叫宋司梦的河北兵，好吃面食，馒头每顿能吃八九个，每天早上我的馒头多分给了他吃。今天班里包饺子，他早就抑制不住兴奋，在煮饺子的铝锅边不时转悠，恨不得立马捞几个尝尝。八个饺子刚分到他的碗里，宛如风卷残云，眨眼便不见了。他的眼睛老盯着我碗里，如同猎人盯住目标一样，老不想移开，他知道我这个南方人，不太喜欢吃面食。我勉强吃了四个，剩下的干脆全送给了宋司梦。他开心得像个孩子，向我投来了感激的微笑。

"今岁今宵尽，明年明日催。"天黑后，又开始下雨，没地方可去，也不能出去，一律不准请假。连队增加了岗哨，团里给我们下派了巡逻任务，时刻绷紧战备之弦。熄灯前，连队搞了两次紧急集合，枪弹发给个人保管，气氛异常紧张，真有点随时开拔上战场的阵势。

晚上十点，轮到我站巡逻哨，地点是团干部家属院。从热乎的被窝里爬起来，背上枪，闪进雨幕，连打寒战。团家属院位于团部后面的山腰，山下隔条公路和菜地就是我们连。

我裹紧雨衣，打着手电，跨过田埂，钻进桉树林，来到了家属院。此际，家家灯火通明，年夜饭仍未结束，酒香菜香扑鼻而来，勾出了我的味蕾。打量着家属院窗口这一盏盏温馨暖人的灯火，我止不住地想家，想父母，想家中过年时的美味佳肴。这个时候，父母肯定孤独地围坐在火塘边守岁。火苗闪闪，今年过年少了一人，他们心里必定多了一份牵挂。父母一定会想我，想我在部队是否习惯，年夜饭是否吃好……

"噼——啪——"不知从哪个院子里传出鞭炮声，有点像我们老家的冲天炮，给家属院增添了过年的气氛。

"年年岁岁花相似，岁岁年年人不同。"后来，我也成了老兵。"挽弓当满弦，将士带甲眠。"无数个春节，我都不能回家团圆，深深明白，烽火烛天，和平树下，要想"情燃万家灯火"，就需要千万个军人"剑挡塞外胡风"。

有一种年，叫守望团圆。不管时光流淌多久，无论在哪过年，我最为怀念的还是在军营度过的第一个年，年味淡，战味浓。军人的职责，就是为百姓站岗，为祖国守岁！

拉　练

闽南冬季的雨说来就来，凄厉的风从山坳口疯闯进营区，吹在脸上刀刮般的痛，浑身更是凉飕飕的。

傍晚时分，炮营组织所属的三个新兵连拉练整装待发。当兵才两个月的我，全副武装站在连队门口的芒果树下，透过雨幕眺望远方，绵延的山峦全被云雾笼罩，仅能看清一点轮廓，心里总企盼雨快点停下来。

"啪啪——"随着两颗红色信号弹刺破雨幕，三支雄赳赳气昂昂的队伍出发了，高机连打头阵，100炮连随营直走中间，我们82无后坐力炮连则负责殿后。

那是上世纪80年代初，王营长往训练场上一站，活生生像只嗷嗷叫的"猛虎"。面对营里一群刚入伍的新兵，他深知带上战场的危险，决计提前将全营新兵拉出去进行强化训练，争取让每个新兵都领到上战场的合格证。

连队为此要求我们将个人多余的东西全部寄回家。我将一件外衣和两套内衣等物品打成包，来到团服务社旁边的邮局寄回家，值班的是个五十多岁的女营业员，她接过我递给她的包裹时，眼睛有些湿润，目光满是怜爱地问我："小伙子，你们刚入伍的新兵也准备上？"我怔了一下，点了点头。走出邮局，我陡然有些想家，想千里外的白发母亲，可这是严格保密的事情，谁也不能讲，于是打消了这个念头。

"前后跟紧，不要说话！"行进中班长们大声提醒我们。一路上，硝烟四起，情况不断，气氛紧张，仿佛一出营门就上了战场。

天黑下来后，雨仍在下，披着厚重的雨衣，背着沉重的装备，行走在泥泞难行的山路上，大家明显感到体力不支，可又不能停下来休息。

这时警报响起："遭敌化学武器袭击。"我赶忙掏出包里的防毒面具，快速戴在了头上。面具丑陋，像个大猪嘴，套在头上散发出浓浓刺鼻的橡胶味，有快窒息之感。见久未解除警报，我实在忍不住了，便悄悄取下面具，张着嘴大口呼吸几口新鲜空气，不料正好被巡查至此的班长李驰发现，他严厉地对我说："快点戴上，要是在战场上遇到真毒气，你就阵亡了。""有这么可怕吗？"我小声嘟囔。

战场上比这可怕多了，稍微疏忽就会丢掉性命，关键是要平时学会养成习惯！李班长再次批评我。我赶忙重新戴上这难看又难闻的"猪嘴"，咬牙坚持着，直至警报解除。

部队继续开进，午夜时分仍未赶到今晚的宿营点，队伍中有人开始掉队了。凌晨一点，雨终于停了，路却越来越窄，越来越难走，我的体力似乎到了极限，双腿沉重，眼皮打架，李班长就让我抓着他的雨衣，一再叮嘱我不要松手，跟着走就行。我抓着班长冰冷的雨衣，机械地向前移动着步子，渐渐地闭上了眼睛。不知过了多长时间，突然被一阵急促的哨声吵醒——终于到了宿营点。

宿营点选在深山里的小村庄，前面两个连队住在小学的教室里，我们连只能借宿在老乡家，而我们班最后安排住在一个破庙里。我早已困倦得不行，庙就庙吧，管不得那么多了，爬上高处的台子上，简单打扫一下，摊开草席就和衣躺下了，不久便进入了梦乡。

天亮醒来，我发现自己正躺在一尊菩萨的脚下，四周还有青面獠牙的雕像，顿时吓得坐了起来。睡在我边上的班长小声对我说："上了战场什么情况都会遇到，一尊不动的雕像有什么可怕的？"我重新躺下，可浑身都不自在，总觉得有什么东西压在我身上喘不出气，更怕那个大獠牙掉下来……

第二天在这个小山村才知道，我们行军到了驻地相邻的平和县。营长特地将训练场摆在险峻陡峭的大山中，让我们新兵在这里历练淬火。每天，我们除正常基础课目训练外，更多的是训练丛林中找水源、丛林中练穿插、丛林中练保障、丛林中练急救……

王营长对穿插这个课目要求甚严，黑着脸全程监督，不许半点变形走样。闽南大山里灌木丛中荆棘特别多，其刺锋利无比，可划开厚厚的衣裤，还可划破皮肉，长长的血口子又痛又痒，一趟趟穿插练下来，我们浑身湿透，四处是伤口，叫苦不迭。

营长在旁边绷着脸大声吼道："这有什么可怕的，前面还没有敌人的炮火和机枪阻拦呢。起来，接着练！"

刚从校门进营门的我，拉练中最怕全副武装五公里越野，常落在全连的后面，一听到这个课目就脸色煞白，主要是怕影响全连的成绩。记得有天瞄靶训练刚结束，跑步的哨声响起，三个连队拉在一起测试。李班长知道这个课目是我的短板，起跑时就让我跑在连队的最前面。冲刺阶段，他和副班长拉着我的两手，带着我向前跑。千万不能落下，豁出去了，我咬着牙拼命奔跑，脚下山路高低不平，嗓子似乎要冒烟了，双脚如灌铅，真有些顶不住了。

"坚持住，不要泄气，上了战场要是跑不动，就会追不上敌人，打败仗；要是撤退时被敌人追上了，更会丢命！"连长方炳海在队伍中吼着嗓子，他上过战场，自然深知体力和耐力的重要性。在这些训练课目上，他绝不允许凑合过关。

抬头能看见远处山脚下的终点了，我瞬间全身又有了力量，咬牙向前跑，终于冲过了终点线。

外出拉练二十天后，营里组织一次实弹射击。这天天公不作美，下雨起风。大家趴在湿漉漉的草地上，雨水顺着雨衣的帽檐直往下滴，发出"啪啪"的声响，前方的靶模糊不清，这样的天气咋能打好靶？有连队干部建议营长取消射击，等雨停后再说。营长脸色一黑，严肃地说："敌人在雨天就不来了？上了战场什么情况都有，不练强基本课目，这群新兵咋能上战场？计划不变，射击正常进行！"

十人一组实弹射击考核在风雨中开始了。我这组有多人打出了第一枪，而我瞄着在风雨中摇晃不定的靶，怎么也扣不下扳机。王营长不知啥时趴在了我身边："小伙子，沉住气，上了战场，你不抓住时机消灭敌人，敌人就会开枪打你，无论何时都要逮住有利时机果断击发。"

呼吸，憋气，"啪——"我的第一发子弹终于出膛了，响声在雨中并不清脆，心里一点把握都没有。谁知远处报靶员告诉我，打了个十环，心中窃喜，信心足了，接着又打出第二枪、第三枪……最后五发子弹打了四十七环。

当晚，营里在小学隆重召开了表彰大会，王营长特意为我和其他九个优秀射手戴上了大红花。

外出拉练返营，团里备战气氛仍甚浓。三天过后，营里正筹划组织我们连的新兵进行炮弹射击，突然接到上级通报，军区另一个集团军的值班团已开拔前线，我们团值班任务正式解除……

天似穹庐，白驹过隙。眨眼我已是从军三十余载的老兵了，忆起走过的每一段军旅生涯，最令我难忘的还是新兵连这次拉练。因为这次拉练让我深深懂得，军人只有两种姿态，打仗或准备打仗。军人任何时候都要练强自己的本领，上了战场才无惧强敌，永远立于不败之地。

连队芭蕉林

深秋回故乡，喜欢往山里走，登高望远，特意在武功山里住下来。当晚借宿的是座老宅子，白墙灰瓦木格窗，亭台轩榭长回廊，四处散发出浓浓的古韵古风。庭院里满眼是景，桂花暗香浮动，修竹疏影横斜，月季争芳吐艳，墙角一丛芭蕉孤傲而立，红了花儿，绿了芭蕉，顿时引我注意，思绪翻滚，不由忆起连队那片翠绿的芭蕉林。

连队藏在闽南漳州光明山下高大挺拔的桉树林里，面朝团部，宛如天天忠诚守护的哨兵，背倚沉默陡峭的光明山。山里是个天然的练兵场，密林深处一天到晚传出枪炮声，还有气震山河的喊杀声，再胆小的兵在这山里进出几次，犹经炉火淬炼，神形大变，脱胎换骨，有上山敢打虎、下海敢擒龙之勇气和斗志。

每天在山里摸爬滚打一天，晚饭后还要雷打不动地挑大粪搞生产。连队不但种菜、种稻子、种甘蔗，还养猪、养鸡、养鱼、养鸭。连队后面芒果树荫里，立着一幢幢望不到边的草棚，专用来存放生产工具，中间夹着个敞开式洗漱间。推开班里的工具棚，老兵将里面收拾得干干净净，有芭蕉叶从逼仄简陋的窗户外斜逸进来，好似在给我这个满脸稚气的新兵打招呼，热情伸手，与我紧紧相握，陡然让灰旧窄小的陋室诗意盎然，有种道不出的暖，说不出的情。

只要留心，军营不仅是直线加方块，也不仅是冰冷严肃的纪律，同样有许多的浪漫，许多的温情，许多的诗意。

我走近窗前，向外打量，窗外雨打蕉叶，绿意浓浓，滴答有声，神态自如地打着节拍。蓦然觉得，这一棵棵芭蕉酷似一个个朴实的山里姑娘，大方探头，热情主动，清新脱俗，容颜秀丽，睁开乌黑的双眸静静地打量这山下的兵营，静静地面对季节的风雨，不惊慌，不埋怨，不叹息。它是那么的沉稳含蓄，那么的定力十足，风吹是这样，雨打亦是这样，泰然立在尘世的烟火里，扎根在雄性弥漫的军营里，陪伴着连队的战友，装点着单调的军营。

自窗户邂逅连队的芭蕉林后，我就被它深深地吸引，每天饭后都会来林子里走走，散散步，静静浮躁之心。有时收到家中或友人的来信，也会跑到这里，坐在大石头上，让芭蕉一起分享喜悦，分享家人的叮嘱。有时想家了受委屈了，或是训练考核考砸了，也会到芭蕉林里，让泪水尽情地流淌，不会感到尴尬，也不必担心它笑话我或是告密，让我难堪。偶有风起，叶动影摇，似是芭蕉在安慰我，鼓励我，小伙子，咬咬牙，坚持住，老兵都是这样走过来的，一切都会很快过去，明天光明山下的太阳又是新的……

每天从训练场上下来，浑身裹着泥巴汗水，无论春夏秋冬，从草棚旁的井里提桶冷水，往头上一浇，吼几声，抖几下，换上干净的军衣，便急不可耐地来到芭蕉林里躺一会。芭蕉林里的鸟儿在不知疲倦地歌唱，虫子在草丛里无拘无束地奏乐，风儿在林子里悠闲地散步，轻拂在脸上身上，清凉惬意，疲惫瞬间消失得无影无踪。那时连队生活清苦，一日三餐难见荤腥，芭蕉熟了，也可随手摘下来充充饥，让日子过得有点甜味。

连队早操后打扫卫生，新兵们争抢扫把，我总是为没抢到扫把而叹气。一日来到茂密的芭蕉林，陡然有了灵感，何不将扫把藏在芭蕉林的叶子里，一般人是难以发现的。于是，这把专属我的扫把，一直安稳地藏在里面，从未有人找到过。

芭蕉种植可以追溯到西汉时期，但一直到魏晋南北朝，芭蕉只是偶然一现。中唐之后，芭蕉种植逐渐普及，尤其宋元明清，芭蕉种植已获得较高的地位，成为重要的植物，并形成一定的种植规模和造景模式。

那时每月六元津贴，仅够买点牙膏、墨水、信封等，常常捉襟见肘，甚是寒酸，"穷当兵的"就是那时叫开的。业余时间，我喜欢写点东西，及时将军旅岁月中的甜酸苦辣记下来。芭蕉叶可练毛笔字，当稿纸却不行，因为钢笔字写上去易穿透，也不易存放，堆放草棚，还会招致老鼠。那些日子，我坐在芭蕉林里的石头上，愁肠百结，真想请神仙帮忙，向满林子的芭蕉叶吹口仙气，变成一张张洁白的稿纸，让我尽情地写作。

一日，我到连队饭堂旁边的团卫生队出公差，意外地捡到一本处方纸，如获珍宝，赶忙塞进肥大的裤子口袋，带到草棚里，每天节省着用。后来，我利用到卫生队看病或是看病号的机会，向军医要了几本红蓝色长条处方纸，夜深人静时，记下了光明山下许多的人和事，还有一生难忘的场景。

在诗人眼里，芭蕉常常与孤独忧愁，特别是与离情别绪相联系，视芭蕉为怨悱，其诗词也柔婉动人。古人把伤心、愁闷借着雨打芭蕉一股脑儿倾吐出来，写下了许多脍炙人口的不朽诗篇。在连队生活久了，在山里打仗多了，我与诗人和古人对芭蕉的感触却截然不同，连队这一棵棵高大挺立的芭蕉，酷似一个个年轻坚毅果敢的士兵，一声召唤，来到山下，无怨无悔，奉献青春，牢记使命，为国人保障安全，为世界守护和平。

一年初夏，我回光明山下的老部队，连队的草棚早被夷为平地，后面的那片茂密的芭蕉林亦不见了影踪。漫步在当年芭蕉林的位置，从邂逅它的第一天起，林子里发生的一切往事，宛如电影中的慢镜头，在脑海里不时闪现……

连队那片芭蕉林啊，见证了我军旅之初的青涩岁月，陪伴我走过一段清贫的日子。它教会了我泰然处世，豁达乐观，纯善待人，败而不馁，执着坚韧！

连队种菜纪趣

　　背着散发出浓浓樟脑丸味的被子，在绿皮车里摇了两天两夜后，抵达位于闽南漳州光明山下的连队时，已月上中天，簇拥在桉树下的营区万籁俱寂。

　　第二天早饭后，哨声骤响，猜想开始搞训练了，我赶忙扎上腰带，戴好军帽。谁知班长李驰匆匆来找我，问我是想去割稻子，还是去砍甘蔗。没听错吧，我可是刚从赣西老家割完晚稻入伍的，到部队还要干这个农活？用右手掐下左手，不是在做梦。

　　快确定啊，一会就集合出发了。李班长焦急地催我。我不假思索地选择了砍甘蔗。打小我就喜欢吃甘蔗，花一毛钱可买个一大截，紫色的甘蔗不仅甜，水分也足，吸着里面的甜汁，日子都有了甜滋滋的味道。我想干此活，肯定一举两得。

　　老兵带着我和几个新到的战友，来到营部旁边的甘蔗地。我抢先砍下一根甘蔗发现，这种甘蔗是绿色的，硬如木柴，根本无法下口，只能送厂家榨糖，不由有点上当的感觉。

中途休息时听老兵介绍，连队为改善生活，不仅种稻子和甘蔗，还养猪、养鱼、养鸡，当然最主要是种菜，人人都有任务。看来连队的生活并不咋的，早上饭堂铝皮桶里的稀饭根本看不到几粒米，只见人影在里面晃动，两个又酸又黄的馒头难以下口，几根刚从菜缸里捞出的咸菜咸得无法下咽，这种伙食比我们赣西农家都差远了。记得征兵初检时，镇武装部部长来了，他站在队伍前面扯开嗓子口沫四溅地说，如今当兵不仅光荣，部队生活比家中强多了，早上油条包子随你吃，天天大鱼大肉……真不知他是搞宣传鼓动的需要，还是自己猜想的，与部队的实际情况相差甚远。

下午起床后，连队组织新兵分菜地。入伍前，我以为到了部队，每天都像电影中那样，穿着威武的军装，在训练场上奔跑，在枪林弹雨中穿行，根本不会想到还要割稻子、养猪和种菜。战友们第一天给家里写信，农村兵都未提及割稻子之事，分到养猪和养鸡的更是不敢说实话，或许是怕家人产生疑问，甚至误会，尽量往好的方面写。

巍峨逶迤的光明山下，营房四周分布一片片层层叠叠大小不一的菜地，酷似一块块青翠欲滴的草坪，给山下的军营增添了无限的生机。连队的菜地散落在后面的水沟旁，高高低低，放眼望去，一片翠绿。地里长着红红的辣椒，紫色的茄子，碧绿的莴笋，芥蓝开满了白花，白菜簇生着黄花，椰菜在卷心，芹菜在摇曳，鹅黄嫩绿，蝶舞蜂喧……

　　分给我的两畦菜地位于木棉树下，紧邻芭蕉林，原来负责此地的老兵今年退伍了，早已撂荒，杂草丛生。"红了木棉，绿了芭蕉。"忽然想着这种军旅田园生活，陡然有了一些诗意。城市兵来到菜地都皱眉头，对于从小生活在农村的我却不是什么难事，因为我跟着父亲种过菜，多少有些经验。清除杂草，翻土平整，种上菜秧，施肥浇水，很快完成任务。回到排房，换上干净的衣服，提个小马扎，来到连队门口的桉树下，津津有味地读着《战争与和平》。晚饭集合时，生产班长来了，通知点到名的人，饭后带背包带、扫把和铁锹，到菜地集合。一个个名字点下来，竟然还有我，难道我种的菜也不行？再说，种菜就种菜，还带背包带和扫把干啥？队伍中的我一头雾水，初来乍到，不便多问。

　　夕阳西沉，或许是太累了，靠在光明山顶，恋恋不舍，给菜地洒上一层金黄。晚饭后，不敢耽搁片刻，我赶忙来到菜地。生产班长早到了，部队竟然还有这个职务？他不需要训练吗？后来才知，他是名炮手，搞生产是兼职的。他见点到名的人都到齐了，开始给我们做示范，在一块需整改的菜地四角插上木桩，用背包带连着每个桩，高度正好与菜地平齐。然后用铁锹拍打，使菜地的四边成直线，四面平整如刀切，每棵菜前后左右行距都对得整整齐齐。最后，用扫把将地沟的杂草和泥巴清理得干干净净。

天啊，这哪是种菜，这分明是加工一件令人惊叹的艺术品！

军人穿上军装进军营的第一天起，就如种菜一样被"格式化"了。营区里处处都是直线加方块，路是直的，连花坛也是直线的；走路两人成行，三人成线；被子和衣服叠得棱角分明；茶缸和牙膏都要摆放整齐，统一朝一个方向……

军人，闻令而动，有令必行，干任何事情都不能讨价还价，更不能打折扣。参照示范的菜地，我甩开膀子，开始在菜地里加工一件赋有浓浓军旅特色的"艺术品"。打好木桩，像当木匠的四伯执墨斗那样拉上线，闭上一只眼睛，蹲在地上左瞄右瞄，确保贴在泥上的线在一平面上，再细心拍打，多的泥巴就调整到别的地方，力求四条边符合要求……百鸟归林，月上林梢，重新打扮的菜地总算检查过关。

为确保农副业生产有足够的时间，师里规定，部队上午搞训练，下午没特殊情况一律搞生产。每天下午起床后，搞生产着装可随意，我脱下解放鞋，换上土黄色制式凉鞋，到草棚里扛上生产工具，酷似生产队上工的社员，开始下地种菜。光明山下陡然热闹起来，菜地里人头攒动，挑桶浇水施肥的人在田埂上来回穿梭，田边的树林里烟火四起，那是在烧草木灰，以弥补肥料不足，那场景真有点像"农月无闲人，倾家事南亩"。

记忆中，连队每天早上跑五公里，训练强度大，伙食又不好，我每天饿得慌，中午和晚上能吃下两大碗饭，肚子还是饿得"咕咕"叫个不停，主要还是缺油水。每天训练和劳动的间隙，总盼望连队的烟囱早点冒烟。

不能让官兵饿着肚子搞训练。那时部队对种菜特别重视，要求菜地一年四季不能闲着，班和个人都有任务，收菜多少有统计，种菜成绩突出的个人还会上光荣榜，立功授奖，优先入党，戴着大红花和团长政委合影。

流年似水，白驹过隙。离开团里多年后，我趁出差的机会回光明山看看，连队不再忙种菜了，全团成立了农副业生产基地，承包给地方的人打理，让战士们从生产劳动中彻底解脱出来，全部精力用于训练。连队那些曾经浇灌我青春汗水的蔬菜不知所终，那些层层叠叠线条清晰的菜地隐没在了岁月的长河里。餐桌上也有了巨变，两菜一汤变成了六菜一汤，饿肚子问题早已写进了历史，成为昨天的故事。

人生需要经历。经历是人生不可或缺的一部分，是一笔丰厚的财富。初入军营那些"标准化"种菜的日子，弥足珍贵，终生难忘，因为它让我学会了成长，学会了面对，学会了执着，学会了珍惜。

难忘连队清贫的生活

凌晨，我迷迷糊糊下了汽车，穿过一片茂密的树林，踩着月亮洒下的碎银，最后被分到了团直属炮营 82 无后坐力炮连。

清晨，窗外的号声、哨声此起彼伏。我起床出门一看，连队是由两幢石头砌的平房组成，其他连也是一样，四面是连绵群山，房前屋后遍布大小不一的菜地和茂密的甘蔗林，四处是一棵棵高大挺拔的桉树，无论走到哪个角落，都能闻到桉树散发出的浓浓的味道。

老兵带我们昨晚迟到的五个新兵吃早饭，食堂的桌上摆着一盆早已没了热气的黑馒头，还有一盘榨菜丝。我端着新买的白色大瓷碗，想到铝皮桶里盛点稀饭，定睛一看，桶里全是清水，勺子沉下去一捞，不见几粒米。

回到桌上，咬口黑馒头，又硬又酸，尝口榨菜，咸得下不了口。天啊，从今天开始就要过这样的生活了，真让我难以接受。可初来乍到，部队又有纪律，还是强迫自己将馒头咽了下去，再喝了几口清水稀饭，草草地结束了到部队的第一顿早餐。

早饭过后，连队开始忙开了。本以为会像电影中那样练射击、投弹，做梦也没想到，班长李驰跑过来问我："小李，你是想去割稻子，还是砍甘蔗？"当时听到他的问话都蒙了，要知道我刚刚在家收割完晚稻来当兵的，竟想不到来部队也要干农活。未做半点考虑，我选择了砍甘蔗，心想干这活等会累了或渴了，还可啃几口甘蔗润润嗓子，下田割稻子实在不想干了。

路上，带队的老兵问我家是哪儿的，我说是江西的。他说难怪你会选择来砍甘蔗，其实这活比割稻子辛苦多了，碎叶子掉进脖子里又痒又痛。

一到甘蔗地，真有些傻眼了，连队种的不是那种可以吃的红皮甘蔗，而是坚硬的青皮甘蔗，是专门用来榨糖的，根本不能吃。当天我可真受苦了，一刀砍下去，甘蔗的碎叶如粉末直往脖子里钻，晚上睡在床上，脖子里还火烧火燎的，痒了大半夜才安宁。

后来从老兵那里获知，为支持国家经济建设，部队需勒紧裤带过紧日子。我所在的团和其他部队一样，积极发扬南泥湾精神，自己动手，耕田种菜，要求每个连队开垦稻田和菜地，自挖鱼塘，搭建猪圈，师里还在海边建了个紫泥农场。为打理菜地、稻田和鱼塘，团里要求基层连队一律上午搞训练，下午搞生产。

连队专门建了一排工具棚，用来存放生产工具，连部特设生产班长，指导全连搞生产，犹如农村的生产技术骨干。连队种菜甚是特殊，同样要求直线加方块，每畦地四条边要用铁锹反复拍打，整得四边笔直，四角分明。菜地里配有扫把，是用来扫地沟的，沟里每天都要保持干净，不能有杂草和泥巴。种菜不搞大锅饭，责任到人。我们连队是"种菜大户"，每人负责二三畦长长的菜地，浇水、施肥、打药，大家每天都要精心打理自己分管的菜地。间或还要烧草木灰，到厕所去挑大粪。菜地不能晒月光，一年四季都要保持有菜，连队定期还会进行评比，菜长势不行的班和个人，会受到通报批评。

我那时特别能吃，每顿饭可吃个七八两，有时甚至一斤，因没什么油水，肚子还是常饿得咕咕叫，尤其是晚上，更是饥饿难耐。有次姐夫来漳州出差，顺路来看看我，信中问我要带什么，我毫不犹豫在信中写道："请多带几袋饼干。"今天想想，真是笑痛肚皮。

要想改善生活，只盼周六晚上会次餐。这天晚上，连队会破例给每桌加两个荤菜，要么是鱼，要么是肉，每次还有一盘青椒炒鸡蛋。鱼是那种海鱼，冰冻的，既不鲜，又无甜，吃在嘴里如嚼树皮，没什么味道，但其时能吃这种海鱼，我们还挺开心。

师里的紫泥农场从插秧、双抢到秋收，都需要各团轮流去值班。我在司训队学驾驶时，去插过次秧。农场位于龙海县的海边，一块块农田望不到边。插秧一般都在早春时节，清晨起来，海风吹到脸上凉飕飕的，脚踩进水里还打冷战。部队农场插秧与家中完全不同，班长和副班长牵根绳子在田埂上拉着，绳子上系了许多红布条，在红布处插几棵秧就行，每人负责插六根红布条，班长嘴里衔着个哨子，哨子一吹，线就向前移，人只得跟着向前走。上午太阳出来，田里无遮无拦，不一会就会晒得头皮发烫生痛，一些没插过秧的城市兵更是受不了。我们班的南昌兵蒋伟光实在扛不住了，眼前一黑，栽倒在泥水中。班长叫人将他抬到田埂上休息。轻伤不下火线，休息一会后，班长又要求他重回田里，继续战斗。那种艰苦锻炼，只有经历过的人才知道。

那时津贴费六元钱，每月买点信纸信封、牙膏和洗衣粉就没了，人人都捉襟见肘。部队要求艰苦奋斗，不提倡家中寄钱，来了汇款单要退回。记得当时我学习开支大，父亲、哥哥和三姐常在信中轮流寄点钱给我，让我度过了人生最困难的时期。

古语云："宁可清贫自乐，不作浊富多忧。"当年那个特殊时期，连队生活是清贫的，但精神上是高度富有的。那时站岗值勤、出操集合、专业训练、拔河比赛，连队战友们士气高昂，浑身有使不完的劲；五公里越野，一路嗷嗷直叫，从不甘输给其他连队。那时连队的人际关系简单，追求单纯，大都上进，肚子里缺油少盐，但骨子里全是精气神，只要组织有号令，就会无所畏惧地冲上去。我们连在前线不但出色地完成了攻坚任务，还涌现出了好几个战斗英雄。

生活如同一杯咖啡，可以自己调出各种喜欢的口味，甜蜜也好，苦涩也好，都不能倒掉重来，所以，生活从来都不应该是将就的，每个过程都应倍加珍惜，更不能遗忘。

流年似水，回想自己当年连队的生活，其实清贫和困苦是一所培养顽强意志最好的学校，每个从这所学校里毕业出来的人，无论以后遇到何种困难和挫折，都能坦然面对，受益终生。

正如方志敏在《清贫》一文中所说："清贫，洁白朴素的生活，正是我们革命者能够战胜许多困难的地方！"

哨　声

　　"嘟嘟——"每当听到尖厉、急促、清脆或冗长的哨声，我就会自然而然地想起自己的兵之初，忆起军旅芳华初绽之岁月。

　　上世纪80年代初，头顶红五星，红旗两边挂，跨进这严肃直线加方块的集体，根本没有《芳华》中文工团小鲜肉们演得那么无拘无束和浪漫，来自赣西山村的我对于所有的律令都有些畏惧与不适应，酷似一只小鸟飞进一片陌生的林子，好几天都晕头转向，遇到集体行动就紧张，对于班长或连值班员那尖锐、生硬而急促的哨声，尤其神经过敏。当时连队有句顺口溜："新兵怕吹哨，老兵怕电报。"

　　这不响，那不响，就怕连队"哨声"响。连队的哨音可多了，一日生活是由哨声串起来的，任何时候都离不开哨声。从起床开始，吃饭、训练、集合、看电影和熄灯……一天下来，只记得耳朵里塞满了各种各样的哨音，有三长两短的，有一长一短的，有连续短声的……固定时间的哨声倒不可怕，比如吃饭、熄灯。最怕的是紧急集合的哨声，只要急促的哨声响起，不管你在做什么，都得以最快的速度冲向集合点。班长常严肃地说："哨声就是命令，是和平年代的'冲锋号'，听到哨声，什么活动都要停下来，前面就是虎狼挡道，也要勇猛地冲过去。"

白天，新兵在操场上走队列、练习基本军事动作，间或还要考试评比，几乎是两眼一睁，忙到熄灯，整日累得精疲力竭。晚上熄灯号响过，这是新兵们最为轻松的时刻，睡得老香，说着梦话，梦回老家，梦见了家中的美食，梦见了相思的恋人……可是军人的梦总是不完整的，往往就会被哨声生生地打断，让梦突然断片，没了结果。

连长方炳海上过前线，皮肤黑似木炭，声若洪钟，往训练场一站，宛如一座挺拔沉默的铁塔，令人敬畏。他常说："军人任何时候都不能疏忽与松懈，即使是睡觉也要睁着一只眼睛，保持应有的戒备。"他常在晚上搞"紧急集合"，让哨声打破黑夜的宁静，残忍地惊醒我们新兵甜蜜的梦，有时故意选择在子夜或是黎明时刻，甚至一夜折腾我们好几次。

紧急集合一律"全副武装"，打背包，里面要有蚊帐和换洗衣服，后面还要插双解放鞋；肩挎水壶和挎包，包里要装洗漱用具，东西一件不许少。

紧急集合是检验军人的快反能力，是军人"招之即来"的体现，条例要求三分钟之内完成。

清晰记得，那是到连队的第五个深夜，急促的哨声把我们吵醒。

快起来，紧急集合！连长在排房外面吆喝着大嗓门。紧急集合规定不准开灯，不许打手电，新兵们听到哨声全慌了，犹如一塘受到惊吓的鱼，四处乱跳，黑暗中全凭感觉抓自己的物品，有的把上衣当作裤子穿，怎么也找不到裤腿，有的叠好被褥却找不到背包带，还有的人没事一样，依然在打鼾睡觉，急得排长团团转。

两分钟过后，连队集合完毕。方连长宣布"上级命令"："有一伙敌特从漳浦方向我团袭扰，团部命令我们前去堵击歼灭。"最后，他下达具体的任务与行动方向。

这时仍有三个新兵，披着被子从屋里跑出来，真的让人忍俊不禁……

月色依稀，风打树林，远山朦胧，队伍出发了。透过月光发现，有的战友背包打得像花卷，还有的留个尾巴拖在外面，更有难堪的，抱着背包跑步，一路上叮当乱响，丢盔卸甲，狼狈不堪。

回到连队，方连长黑着脸吼道："同志们，你们都看看自己的狼狈样，要是今晚真有敌情，怎么办？我看不是去消灭敌人，而是要被敌人消灭掉。"然后，他打着三节手电筒逐个照过去，拖在外面的"尾巴"原来是一截白色蚊帐未打进去，穿反裤子的不少，纽扣未扣完的更多，大家相互打量，笑得前仰后合。此次出洋相后，我们琢磨出各种各样对付紧急集合的办法，主要是从争取时间入手，打背包规定是"三横两竖"，我们"发明"了一种花式方法又快又紧，果然缩短时间，仗着夜晚看不见，管它什么美观不美观；不脱衣服袜子睡觉的大有人在，有些甚至被子也不盖，提前把背包打好。可班长发现后，绝对不允许，他总是逼着穿着袜子睡觉的战友脱了袜子，逼着打好了背包的兵把背包打开。熄灯前，班长喜欢光着背、穿条大黄裤衩在房间里晃悠，当然还少不了训话："战备拉动来不得半点马虎，上了战场可是真刀真枪比真功夫！"只有班长可以炫耀实力，因为每次紧急集合，唯独他的动作行云流水，没有一丝磕绊，眨眼间就利索地准备好。看着他的动作，新兵们叹为观止，也想自己早日成为班长，到时候也给新兵露一手。

一般晚饭后，我们常揣摩连长什么时间会搞紧急集合，有时也到文书那里刺探情报，还会琢磨连长的面部表情，如果当天考核评比成绩不错，他的心情就会好，一般当夜折腾我们的机会就不多。要是星期天、节假日，那绝对是要高度戒备。

有晚下雨，北风将连队门口的芒果树刮得哗哗作响。大家都觉得今晚不会搞紧急集合了，就睡得沉一点，可是该死的哨声还是响了。方连长总是不按套路出牌。或许洋相就出自松懈，危险就来自麻痹，我被哨声惊醒后，胡乱穿衣打好背包冲了出去，站在队伍中总觉得有些不对劲，可又不知纰漏出在哪。外面套着雨衣迷迷糊糊跑几圈回到连队后，冻得牙齿打架，浑身冰凉。

连长这晚出新招，点到谁的名就进俱乐部。俱乐部里的大灯泡雪亮如昼，我一进门脱下雨衣，值班员立马咧嘴笑，方连长的脸在灯下似乎更黑。糟糕，我中招了，偷着从整容镜一瞧，天啊，我竟然没穿军装，仅穿件绒衣就出来了。这时连长亮开了大嗓门："如此马虎，要是上战场未带武器，会丢掉性命的！……"

第二天，连长特意找我，给我讲了著名战将粟裕的故事，他每晚都将军装整齐叠好，有序摆放在枕头旁，为的是一有情况能及时应对，就是退休后也坚持这个习惯，直到去世。从那以后，我深深地明白，军人随时准备今夜上战场，一刻都不能懈怠。

元旦晚上，连队举办庆新年联欢晚会，新兵们又唱又跳。当时流行唱《北国之春》，好多新战友唱着唱着都想家了，流下动情的泪水。当晚子夜，紧急集合的哨声响了，我们早有思想准备，按规定着装和规定时间拉了出去，在操场上跑了三圈后，连长满意地让我们回去继续睡觉。

根据以往的经验，如果首次点验合格，可能就不会再突袭我们了。于是，我们安心地睡大觉。谁知黎明时分，再次响起哨声，这次气氛有些不对，我们到武器库领了枪和子弹，还有两颗手榴弹，真正的全副武装。连队干部没一人讲话，满脸严肃。列队集合后，我们钻进了寂静的夜色里，行进在崎岖的山路上。连长的脸色一直透着严峻，一言不发。

我暗自琢磨，可能真的要打仗了，心里不由得涌动繁杂的感情，甚至有些紧张，还有些想家，想千里之外远在故乡年迈的双亲。

月色如水，我们继续在崎岖的山路上行进，透心刺骨的风刮得有些难受。举目望去，这一带似乎没有人烟，两侧山峦起伏，黑黢阴森，更增加了想象中恐惧的成分。

天亮后，连队哨声响了，队伍停下来，我满脸疑惑坐在路旁的草丛里，四处打量，山沟里静悄悄的，这是一个深山的坑道口，显得神秘莫测。后来才知，这里是团里战备应急集结之地，每个新兵都要拉到这里熟悉路线和地形地貌。

新兵三个月的生活就在哨声的陪伴下结束了，等到自己真的成了班长，总想起那三个月中的每一次哨声，明白哨声到底意味着什么。每当哨声响起，军人就会变成一支搭在弦上的箭，充满了活力与冲劲。这简单的哨声，其实是一种美妙天籁，我是伴随着一声声哨音，逐渐成长为一名合格的军人。

岁月如梭，芳华不再，但每当听到这一声声亲切的哨声，就会想起方连长，想起当年的战友，依然有股"但使龙城飞将在，不教胡马度阴山"的豪情壮志……

光明山下的情事

熄灯号准时响起，光明山下热闹了一天的军营的夜晚仍如往常，幽暗里长着宁静，宁静里睁着许多双眼睛。有风从山上急吼吼地下来，挑逗恹恹欲睡的桉树，撩拨憨厚老实的芒果树，在82无后坐力炮连门口的草地上打滚，似乎故意弄出动静，暗示兵们它来了，它真的来了。原来风儿有时还怕孤独，总是想方设法显示它的存在感。

我们常开玩笑，光明山一年刮两次风，一次刮半年。山里生活久了，要是没风，似乎总感觉少些什么。

连队后面工具棚里虫子的呢喃，翻越矮坡，钻进躺在床上兵们的耳朵里，却怎么也不会住进一个兵的心里，再吵也没人会拿虫子说事。因为每个兵的心事实在太多，装不下了。

营部那只黄狗从甘蔗林里冲出来，一本正经地对着新上岗的哨兵叫，叫过后发现似曾相识，着同样服装，背熟悉的枪，赶忙止住声，回到营部屋檐下歇息。数只鸟儿在操场边的树林里沉睡，忽然一阵风撞碎它们的梦，扑棱棱从树枝上跌落下来，在草地上打几个滚，又跳了几步，方才从梦里走出，而后再次飞上那根熟悉的树枝，那里卧着一缕柔和的月光，不一会鸟儿又合上眼皮，连同合上了山顶那枚月亮，还有山下整个军营。

风打竹林，虫吟浅唱，最能拨动兵们内心深处那根弦。上世纪 80 年代初，光明山远离闹市，闭塞偏僻，交通不便，津贴微薄，战士被人视为"穷当兵的"，许多人的情感世界一片空白，久久难以脱单。

班里一个比我早一年入伍的福州兵，入伍前就谈了个对象，正处于热恋期。每周女朋友都会给他写信。每晚熄灯后，唯有他打着手电在蚊帐里看情书，两页薄薄的信纸，翻过来，翻过去，百读不厌，读得心花怒放，如痴如醉，月儿嫉妒，虫子默不作声，全排房的人都睡不着，不停地翻身，床铺的响动赶跑了窗外夜晚的宁静。

兵们早上起来，睡眼惺忪，腰带搭在臂上，站在连队门口桉树下的小便池前方便，一点也无须避讳什么，因为山里营区没有一个异性，全是清一色的爷们儿。常有老兵说，这个鸟地方，母猪赛貂蝉，光明山是公的，山下的蚊子是公的，每棵桉树都是公的。起始不太明白其意，渐渐方知，山里当兵，长年累月难以见到几个异性，出去一趟也不易，是个十足的"男儿国"。

一日不见如隔三秋。有了爱情的滋润，再苦的日子也是甜的。福州兵特意买了把吉他，每天晚点名后，山里月光如水，他喜爱抱着吉他，带上马扎，坐在桉树下弹唱，多是弹的情歌，为他心上人弹的。记得弹唱最多的是《月亮代表我的心》："你问我爱你有多深，我爱你有几分／我的情也真，我的爱也真／月亮代表我的心……"营区的兵们听了他的弹唱，这群单身狗心里如猫抓似的，说不出啥滋味。

我住光明山，君在大山外。日日思君不见君，唯有山风过营区。兵们正值十八九岁的年龄，军旅芳华初绽，许多人非常想认识个女朋友，期盼有真挚恋情慰藉单调枯燥的岁月。天涯海角有穷时，只有相思无尽处。天天窝在这大山里，哪有机会呢？

班里江西籍副班长服役第五年，年底有机会转志愿兵，本来想转了后再回去相亲，山里实在难熬，家中也一再来催，他提前请假回家了。十天后，副班长还真带女朋友进山了。江西妹子，高挑清秀，落落大方，当我们叫她"嫂子"时，她脸上立马泛起一朵朵红云，煞是好看，宛如年画里的明星。

晚上熄灯后，教导员来查铺，发现副班长还没回来睡觉，便命令班长去叫。班长犹豫再三，便差我去。此事显然谁都不想去，可军人执行命令是天职，我只得服从命令。连队的家属房立在连队后面的菜地旁，木棉树下第一间平房里正亮着灯，这是我帮副班长早早整理好的房子。想着副班长好不容易脱单找到对象，女朋友第一次来队，肯定有谈不完的话，诉不完的情，此时去敲门，肯定扫了他的兴，弄不好还会挨他批。走到半路，我折了回来。

我刚回到排房躺下不久，副班长阴着脸回来了。班长看了我一眼，我没吱声，或许他想着是我办的"好事"，我当然不会说实话。不过那天晚上，副班长翻了好久的床铺才睡着。

第二天早上出操回来，我和班长迎面碰见教导员，他当场批了班长，我知道你做老好人，不会去叫副班长，要是出了事，看我咋收拾你。幸好我亲自去一趟……班长回头看我一眼，但什么也没说。

那个年代，老兵将对象带到部队，如果在一起过夜了，后来要是男方反悔谈崩了，女方多会来部队告状，尤其是转了志愿兵或考上军校的，部队一般会让其选择，是要女朋友，还是要处分、开除学籍？最后大都妥协了，选择了前者。教导员有经验，怕老兵惹事，没有领证，总是当恶人，到点就板着脸赶人。

连长比副班长年龄还大，也是一条光棍，天天和我们泡在一起，如果谁叹息没女朋友，他就会笑我们没出息。教导员一直关心连长的婚事，后来竟然下令将他赶了回去。连长回到老家半个多月后拍回电报，让我开车去驻地旁的盘陀岭下接他。

盘陀岭上有条国道直通连长的老家广东。果然在约定的时间，连长从大巴车上下来，后面跟着一个羞答答的姑娘，不用猜就是连长的女朋友，小巧玲珑，五官端正，白白净净，与皮肤黝黑的连长反差实在太大。我开心地笑着迎上去，接过女子手上的包，亲切地叫了一声"嫂子"，女子更是低下了头，不好意思看我。

车还未进营里，教导员得知后，早早就在连队门口等候，连队的兵们围上来，像是迎接上级重要的客人。那个年代，军人不易，找到对象更不易，值得可喜可贺。

连长女朋友来队，住在连队后面的家属房。连队的兵们种菜或训练之余，有事没事会去看看嫂子。嫂子带来许多糖，来人就抓一把。当时连队要是找不到人，老兵们就会调侃，肯定又是去看嫂子讨糖吃去了。大家听后哈哈大笑。要是给连长听到，会随口骂我们，这些小子，就这点出息。

一个周日，没有任何征兆，班里的福州兵收到女朋友的信后，当场失控，哭了，冲出排房，在桉树下伤心徘徊。男儿有泪不轻弹，只是未到伤心处。原来他失恋了，女朋友多次给他写信，要他回去陪陪她，福州兵无法请到假，尽管一再想挽回，但女方心意已决，铁定分了手，连过去的信物都全部退回了。那时兵们失恋，乃家常便饭。

自那天起，福州兵再也没在桉树下弹《月亮代表我的心》，因为"月亮"不属于他了，情已断，爱已尽，真已假。他的吉他扔进了连队仓库，任灰尘覆盖，让虫子滚爬。

光明山下的情事，三两句写不完。不过我还是喜欢诗人郭小川的诗句："军人自有军人的爱情，忠贞不渝，新美如画。"

光明山，进山一片光明，出山光明一片。

三年后，我奉命出山，北上学习。连长已和女朋友成婚，嫂子在老家工作；副班长年底转了志愿兵，和江西女子生了个胖小子，虎头虎脑，可爱极了；福州兵退伍了，从此失去联系，不知他过得好不好。那时没有网络，没有微信，每次出差福州，想找他都未成，不过我真诚为他祝福，为光明山下的每个战友送上祝福。

山里奉献的岁月或短或长，是一生之自豪。因为岁月静好，需要有人默默地付出。请记住光明山里的一切，记住一团有情有义的兄弟！

军营"三大怪"

光明山下的战友聚会，话题如决堤之水，滔滔不绝，即使曾被视为"闷葫芦"的，也忍不住打开了话匣子，说起当年在山下的种种趣事。

有人兴奋地问，是否还记得当时军营"三大怪"？大家几乎异口同声答道："帽子吹着晒，被子不分内和外，裤子像麻袋。"

上世纪80年代初，我和五湖四海的战友穿上绿军装，来到闽南漳州的光明山下。那时物资相对匮乏，兵多军费少，可钱少乐趣多，军营"三大怪"就是战友们在业余时间或训练之余总结出来的，也是军人当时在老百姓眼中一些怪异之处。

这些"镜头"，现在的年轻人是无法见到了，更难以理解，却是那个年代军营的生活缩影和时代印记。

"头顶红五星，红旗两边挂。"那个年代部队统一发放的是 65 式军服，无论是干部，还是战士，头上戴的皆是红星闪闪的解放帽。说起解放帽，如今中年以上的人都十分熟悉它。解放帽曾是我军制式军帽，在我军军服史上占有重要的一席之地。稍懂点军史的人都知道，我军在土地革命战争时期戴的是红军八角帽，抗日战争时期戴的是八路军帽，解放战争的大部分时期，许多部队军服、军帽式样和颜色也不尽相同。

我军更换新式军帽，大致在 1949 年夏季以后，尤其是新中国成立时，各部队基本上都戴上了统一的军帽，这种帽子后来被称为"解放帽"。此叫法是先从老百姓叫起的，意为解放军戴的帽子。宜将剩勇追穷寇，接下来解放军戴着它又高歌猛进，摧枯拉朽，将老蒋赶到孤岛台湾，建立了新中国。久而久之，部队自己也把这种军帽称为解放帽。

这顶原本普通而又平凡的解放帽，随着"学工学农学军"的深入，曾在上世纪七八十年代一度成为时尚，尤其是年轻人，更是喜欢戴解放帽，并将拥有一顶解放帽当作骄傲的资本，要是再配上一条军裤或是一件军上衣，那肯定是帅呆了。

在我们 82 无后坐力炮连门口的草坪上，有一长溜晾晒衣物的铁丝。铁丝是 8 号粗大的那种，或许是天天这么多人频繁使用，每根闪闪发亮，晚上都看得清楚。每到星期天，要是天气好，早饭后老兵们就开始洗帽子，连队后面的洗漱间热闹一阵后，铁丝上立马挂满了吹成皮球状的军帽，一面是绿色的，另一面是白色的，酷似一只只鼓着腮帮子鸣叫的青蛙，帽檐像是伸出的扁长大嘴，只是不能发出声音，看一眼就觉得滑稽好笑。

初到军营，那时上下过紧日子，每人就一顶解放帽。闽南少雨闷热，冬季气温比家乡要高，平时训练和生产出汗多，帽子很容易脏，部队对着装要求甚严，洗帽子只能选在周日。可周日要是外出，也要着装整齐，因为那时没有外出可穿便服一说，几元津贴也买不起便服，整天睁开眼就穿着这身军装，探家也是穿着这身军装回去。

第一次洗帽子，我嫌麻烦，未模仿老兵将帽子吹起来晒，只是用木夹子夹住帽檐挂在铁丝上晒，任其水珠落在草坪上滴滴答答，正好下面有棵牡丹花，既晒帽子，又浇了花，真是一举两得。谁知天有不测风云，五分钟后连队哨响，正好抽我们班去团部出公差。当我跑到铁丝下一看，傻眼了，因为帽子还在滴水。军令如山，着装不能有半点马虎，我只好取下湿帽子，戴在头上跑去集合。

走在队伍中，头上潮乎乎的难受，脸上还不时有水流下来，样子狼狈极了。到团机关后，分配的任务是从一楼搬东西到三楼，负责协调的干部以为我是在流汗，几次劝我休息一会再干，弄得我哭笑不得，又不好意思解释。

当天晚上点名后，班长李驰特意找我谈心。他可是个神炮手，练就了火眼金睛，上午我戴湿帽子出公差之事，其实他早就看出，只是未说破而已，给初入军营的我留个面子。

桉树林下，晚风习习，月光如水透过树隙洒满一地，如铺上一层碎银子。李班长语重心长地对我说，帽子之所以吹成球状晒，这是老兵们在实践中总结出的简易方法，原因很简单，就是为了干得快，千万不要嫌麻烦。部队是个军事集团，随时要准备打仗，任务说来就来，每个军人必须保持严整军容，方能闻令而出，动若风发，任何细节都不能马虎……

听完班长的话，陡然有种醍醐灌顶之感，作为军人，原来晒个帽子也不是个小事。接下来的周日，我特意向班里的老兵请教方法，洗干净帽子后，憋足气，鼓起腮帮子往帽子里面反复吹气，尽量吹得最大，真有点像我老家杀猪匠杀完猪后给猪吹气，只是杀猪匠为的是好刮猪毛，而我为的是好晒干军帽。

圆鼓鼓肥嘟嘟的帽子挂在铁丝上，任阳光亲吻，风儿摇摆，果然干得非常快，再也不怕骤然哨响了。

说起被子之怪，一般普通人家的被子面和里有明显的区别，颜色也不同。记得小时候家中的被面多为红色或蓝色，质地多为绸缎，年轻人新婚的被子还会绣上鸳鸯戏水的彩图，意为成双成对，恩恩爱爱，百年好合。而军人的绿被子却面和里都是一样，或许是特殊职业关系，讲究简洁统一。

那时当兵三年，就一床被子，天天使用，加上频繁的野营拉练，背着背包到处跑，走累了不管在哪，将背包扔地上当凳子坐，自然容易弄脏。本来被子脏了需及时清洗，可对于军人来说，有些难言之隐。部队评比内务卫生，关键一项是看床上的被子。新兵入营后，每天起床就需打理被子，将其反复推压揉拉，方能将被子定型，成了漂亮耐看的"豆腐块"。被子一旦清洗，四处又会皱巴巴的，需要重新折腾好长时间，才会恢复原样。再一个是，那时洗完被子还要缝，大多新兵都不会针线活，要是没缝好，被子就更难叠了，所以能不洗就尽量不洗，反正被子不分里外前后，索性盖脏了里面再换外面，盖脏了这头再换那头。这样，一床被子里外前后可调换四次。实在脏得不行了，才会拿去清洗。我每次洗被子，不是请班长缝，就是请老乡缝，很是麻烦。

那时的军裤，又肥又大，犹如一只麻袋。在那个买布凭票的年代，老百姓自己做裤子一般不会做得宽松肥大，既影响美观，又浪费布料。当时，部队不管干啥，一套军装穿到底，不像现在，服装品种多样，有作训服、迷彩服、常服、礼服、体能服等之分。当时军裤布料弹性差，为确保官兵摸爬滚打时裤子不碍事，也不会开线，军工厂特意将军裤制作肥大一些，穿在身上确实像两条晃晃荡荡的大麻袋。尽管裤子像麻袋，但穿着确实舒服实用，下蹲不用担心开裆，行军跑步或训练时不用担心卡裆。

改革开放后，社会上开始流行喇叭裤、鸡腿裤，这肥大的军裤显得不合潮流了。爱美的女兵经不住潮流的诱惑，就偷偷把军裤改瘦，穿在身上果然比原来好看，尤其是腰身和线条都映衬出来了，让男兵们看得又羡慕又眼热，个别胆大的男兵也学着改裤子。为此，部队大会小会真没少说，严令禁止私改军服，谁改就批谁。可挨批归挨批，改瘦的军裤也改不回去了，仍有人照穿不误。不过实践证明，穿着瘦腿裤训练是很难做翻越障碍等抬腿动作，真要上战场打仗就更不行了。

我有个在厦门当海军的战友，他曾在信中告诉我，海军有"四怪"：被子反着盖，帽子歪着戴，裤子两边开，背后一大块。海洋气候湿度大，被子不可能经常拆洗，海军的被子也只能反着盖了，有点与陆军兄弟类似，只是他们不容易将被子弄脏；水兵戴帽要求是距左眉一指右眉平齐，显然只能歪着戴了；而裤子两边开，主要是为了安全，一旦水兵落入海中可迅速地脱掉裤子，以减轻海水的阻力；背后一大块，那是水兵服的披肩，每个国家的海军都有。

天似穹庐，白驹过隙。军中"三怪"早已写进历史，1985年解放帽就被大盖帽取代了；如今被子用上了拉链，战士们再也不用为缝被子而愁了，服装更是越来越实用合体，每个人都有自己服装发放数据，军需助理员发服装时，一点开电脑便一目了然，官兵再也不用担心号小号大了。

如今部队出现的是新"四怪"：被子叠成豆腐块，四季不分里和外；军帽圆圆带大盖，遮风挡雨晴遮晒；唱起歌来似打雷，拉起歌来快快快；甩起正步进饭堂，吃饭好像打比赛。

无论是旧"三怪",还是新"四怪",无不折射出一个时代的显著特点,散发出浓浓的军旅气息。今天,经过史上最强改革后的中国军队,换羽重生,正阔步迈向世界先进军队之行列……

团部门口的小店

团里当年的建设者如庄稼人随意撒种子，将四个营撒在了一座叫光明山的脚下，而团部雄峙山腰茂密的桉树林里，俯瞰全团，傲视闽南，紧盯海上风云变幻。

一营有点偏，或许是用力过猛，将其撒得有点远，独立在团部的山后面，距团部还有段距离，可以说是"孤悬团外"。而我所在的炮营风光占尽，端坐在团部的下面，蹚开大步，稍微发力，便能摸到团部的大门。团长站在机关门口不用话筒，随便吆喝一嗓子，我们全营都听得清清楚楚。二营倒是与我们毗邻，中间隔片鱼塘和菜地，靠近团外的公路边，过条河就是驻地的村庄，还有望不到边际的甘蔗林。三营有点委屈，硬是被塞进了最里面的山脚下，出来到团部办点事，拉个老乡，得走好长的一段路。因营区地域差异，我们常笑一营和三营的战友是"山里兵"，他们每每听后愤愤不平，总要找点理由辩驳。

其实啊，在光明山下当兵，一个锅里搅勺子，每个人身上都有股洗不净、甩不掉的"山味"，这股味道啊，是军人特有的，也是不可缺少的。这味道，质朴，平凡，忍耐，坚韧，奉献，守纪，吃苦，不掺任何一丝杂质。再桀骜不驯的兵来到山下，不久也会拥有这种味道。这种味啊，一生也忘不掉，去不了。

上世纪80年代初，团里进口处的右边是个繁华的"商贸中心"，几幢石头砌的小平房里，藏着服务社、照相馆、邮局和浴室，最外面还有个小工厂，四周簇拥着碧绿的芭蕉树。周末的晚上或星期天，新兵请假外出，多是来"商贸中心"办事，买点墨水和信纸信封，或照张相寄回家，更多的事办不了，因为要过紧日子，每月仅六元津贴，常常捉襟见肘，很是寒酸。当然，还可顺便出来散散心，看看远处袅袅炊烟，听听近处鸡鸣犬吠，打量偶尔路过的车辆，时间充裕，就到旁边的警卫连或特务连找老乡聊聊天，交流军旅生活感受。

那时尚未实行军衔制，连里老兵多，有五年的，六年的，还有八年的，训练间隙或田间地头，老兵们喜欢开玩笑，特有的"兵语"甚多。印象中，老兵们谈论最多的还是去果林队看阿娇。福建闽南人喜欢用阿来称呼人，如阿贵、阿芳、阿满、阿公，阿字当头，没阿没了。

连长方炳海带兵甚严，每当老兵讲"兵语"，会当场发飙，闭上你的臭嘴，莫把新兵带坏。于是，新老兵哄堂大笑。有胆大的老兵，趁连长不在时，还会偷偷学他的话，故意逗大家开心。

一轮明月挂在光明山的山顶，给连队门口的桉树温柔地披上一层薄纱，朦朦胧胧，若隐若现。我背着枪在连队门口站哨，排房里鼾声如雷，操场上寂静无声。我边走边想，老兵们天天念叨的阿娇长得像谁呢？是不是真的很漂亮？

那时没有网络，没有手机，看电视也要等到周末，且信号不好，雪花飘飘，时断时续，边看边移动天线。与家人联系全靠鸿雁传书，来回要一周多，有时需要更长的时间。业余生活单调，除了打个篮球，别无其他。连里有个福清的老兵东拼西凑买了把吉他，恰逢流行《故乡的云》，他有空就抱着吉他，坐在桉树下扯开嗓子，边弹边唱："天边飘过故乡的云/它不停地向我召唤/当身边的微风轻轻吹起/有个声音在对我呼唤/归来吧，归来哟/浪迹天涯的游子……"听他这一唱，酷似今天的《军中绿花》，新兵更是想家，想家中的父母，好多人还偷偷地躲在连队后面的草棚里哭过。

一群正处于青春萌动的兵，整天窝在这偏僻的光明山下，三年回不了家，十天半月看不到一个异性，老兵大多找不到对象，即使找到对象，一年也难见一回，因此"吹灯"的较多。可是，如电视剧《平凡的世界》片尾曲歌词写的"神仙挡不住人想人"，山也挡不住人看人。老兵只要有空请假外出，最喜欢去果林队，显然醉翁之意不在酒，而在阿娇也。

在连队，要是一时找不到谁，就会开玩笑地说，可能去果林队了；要是谁耽误了时间，也会故意问他，你是不是去果林队了？这时大家心知肚明，猛然哄笑。山中的军旅生活，苦中有甜，苦中有乐。

时间久了，我才弄清楚老兵天天念叨的果林队。当年知青上山下乡，福州、福清、莆田等地的知青在此种果树，组建一支果林队，有的知青与当地女青年成了家，后来落实政策也未回城，留下来看护这片长满青春记忆的林子。有个姓林的知青在果林队山腰边的路旁，也就是去一营必经之路上，开了家小店。石头砌的小店原本极不起眼，货架上摆的是香烟、啤酒、饼干、罐头、电池之类的东西，还没团里服务社的货物全，亮点就是他家的女儿阿娇。十八岁的阿娇出落成一朵花，乌黑的秀发，圆圆的双眸，白皙的皮肤，在天气炎热的闽南，这样的姑娘真少见，尤其是在这光明山里更为出彩。

或许当年是为了赶工期，抑或考虑军民关系，团里四周没有筑围墙，也没有高大森严的大门，只要有机会外出，老兵们就会有事没事拐到果林队，为的是看一眼阿娇。老兵们喜欢看阿娇，她家的生意因此红火。尤其是星期天，阿娇家小店柜台前总有兵影晃动。点点疏林欲雪天，竹篱斜闭自清妍，只为看娇两三眼。阿娇站在里面，笑如银铃，落落大方。

团里为丰富军旅生活，放电影甚多，山里的兵最为喜爱，一周有时放两三场。改编自路遥的同名小说《人生》电影放映后，在兵们中荡起了不小的波澜，有批评高加林忘恩负义的，更多的是同情心地善良的巧珍。有人还把阿娇比作巧珍，甚至认为巧珍没有阿娇长得漂亮。

林老板见战士们喜欢来店里购物，自然心知肚明，故意放话，阿娇非军官不嫁。这话表面上看有伤兵们的感情，其实不然。因为部队有铁的纪律，战士不许与驻地女青年谈对象。尽管兵们喜欢去看看阿娇，但没有一人会踩线动真格的，只不过林老板过于敏感而已。再说，团里的军官找对象范围广，标准高，是不会轻易看上阿娇的。一年过去了，阿娇还在店里；两年过去了，阿娇待字闺中。

我进山第三载，开车到果林队下面的河里洗车。恰巧阿娇在河边洗衣服，风将她的秀发吹起，多了几分妩媚，多了一道风景。已是老兵的我路过果林队去师部办事，从未进去她家的小店买过东西，她自然不认识我。

河水哗哗地流淌，打破瞬间的尴尬，我发现阿娇看了我几眼，欲言又止，显然她想和我说话，或许害羞不好意思张口。阿娇洗完衣服，还是开口了，她问我为何敢将车开到泥沙里。我告诉她，一般的汽车是后轮推动前轮，而我的车是四个轮子都有动力，再深的泥沙都不怕。正好我的车也洗完了，爬进驾驶室，发动车子，加大油门，车子从河里轻巧上岸，河边升起一片迷蒙的水雾，透过车窗，阿娇真美，极像河边一棵翠竹，清秀脱俗，妩媚动人。

那年秋天，光明山层林尽染，瓜果飘香。我离开了团里，告别闽南，北上求学，从此未回过光明山，也与团里的战友断了联系。

光明山，进山一片光明，出山光明一片！

我调军区机关后，一次回倒桥师部出差。办完公事，特意来光明山看看。山下早已物是人非，围墙围住了我的团，裹住我的青春记忆，公路边竖起了高大森严的大门，挺立的两个哨兵把守，里面的人不能随便出来，外面的人不能随便进去，只是一营的营区依然孤悬营区外。

团部门口的果林队消失在了时光的隧道里，那家小店不见了影踪，店里的阿娇不知后来嫁到了何方，当了谁的新娘。清风无言，桉树无语，唯有果林队下面的小河潺潺东流。如今芳华不再，双鬓染霜，不知阿娇会不会回来这里看看，会不会想起团里当年喜欢她的兵，想起兵们身上独有的"山味"。回头看看，人生在青春萌动时期倾慕异性，看上对方一眼也满足，甚至开玩笑时喜欢念叨对方，实质上再正常不过了，"男儿国"中的军人亦如此。"松竹不足以状其贞、日月不足以比其光、冰雪不足以喻其洁、鲜花不足以拟其美。"正如诗人郭小川所说，军人自有军人的爱情，忠贞不渝，心美如画。当年果林队里的阿娇，从今天来看，她就是战友们心中的白月光，战友们就是她的粉丝。彼此洁白无瑕，没有杂质，酷似光明山上的一朵玉兰花，日久生香，沁人心脾。

当过兵的战友其实都有同样的体会，那个年代，谁的团部门口没家小店？那个时期，谁的心中没个阿娇？

一瓶荔枝罐头

　　"鹅湖山下稻粱肥，豚栅鸡栖半掩扉。"霜降时节，稻花香里说丰年，师部紫泥农场的晚稻熟了，连队奉命去协助收割。农场位于龙海县的海边，是部队人工填海滩而成的，面积比我们村要大十几倍，水天一色的稻田抬头望不到边，唯见海鸟在天空中展翅翱翔。

　　入伍第一年春季，我在师部司训队学驾驶，随队里的战友一起去插过半个月的秧，黎明就下田劳动，整天一身泥水，腰痛难忍，印象深刻。

　　不巧的是我这个时候病倒了，病来如山倒，住在连队旁边的团卫生队。奇怪的是，持续高烧，打针吃药好几天均未退。管床的军医用尽办法，温度依然降不下来，怕耽误治疗，他建议连队送我去驻地漳州175医院会诊。

　　上午电话打到连队，一支烟的工夫，连长方炳海火急火燎地来了，我还未来得及给他打招呼，他先扯开大嗓门：

"秀才，想来想去，还是我送你去175医院放心。"我在连队出黑板报或写点东西小有名气，这是他对我的尊称，叫多了就在连队传开了，战友们都喜欢这样叫我。说完，他麻利地帮我收拾好生活用品，拉着我来到光明山下的团部门口，爬上了一台去漳州办事的卡车。

方连长是广东人，家乡口音浓，脸黑精瘦，步子生风，两眼传神，荣立战功。

可他从不居功自傲，爱兵如子，战士有啥事他都会上心，在连队威望甚高。

卡车出了团里，沿着通往市区的沙子路向前驰骋，路边的风景树向后快速奔跑，而我的思绪也四处游走，担心病情一时好不了，担心住不上院……连长见我心事重重，拍了拍我的肩膀。我知道他这是在安慰我，也是在暗示我，有他陪着我，尽管放心。或许上过战场、经历过生死考验的人，都特别讲感情，重情义。

漳州地处闽南金三角，是著名的鱼米花果之乡，好在市区并不大，当连长带着我赶到175医院门诊挂上号，已近上午下班。军人诊室的军医了解我的病情后，说团卫生队完全有能力将我的温度降下来，根本不必来这里住院，准备开点药让我带回去吃。

回去？方连长一听急了，耐心给医生解释，说我已在团卫生队住了三四天了，没有一点效果，加上连队要去农场割稻子，无人照顾我，请一定收下我住几天。军医抬头看了看体温计，见我确实烧得不轻，精神不振，连长又是如此心切，总算动了恻隐之心，答应收我住院。谁知打电话到病区，当天没有床位，要等明后天有人出院再说。

刚看到的一点希望，眨眼如肥皂泡般破了。军医一脸无奈，连长心急如焚。要知道，我的病情不能等，连队开拔不能等，军令如山！连长将一双又粗又黑的大手搓得哗哗响，一向雷厉风行的他，今天也有些犯难，犹如当年在战场碰上一块难啃的"硬骨头"，不知所措，又无能为力。

我和连长沮丧地出了门诊大楼，实在太累了，两人干脆坐在门口的台阶上，不停地叹气，样子很是狼狈。

蝉在浓荫蔽日的树上鸣唱，令我的心情更是烦躁不安。我知道，从漳州回光明山团部每天下午只有一趟班车，错过了这趟车，回去要转车，最后还得从驻地程溪镇走七八公里回连队。

一阵风吹来，我突然想起医院有个姓张的护士长，是我萍乡老乡，入伍前就听说过此人。连长得知后，似乎绝境中看到了一丝希望，宛如战场上迎来了救兵，或是送来了急需的弹药，脸上倏地露出了笑容，见到穿白大褂的人就打听此人。先后问了有五六人，总算有人告诉我，张护士长在传染科上班。

医院门诊部的右边有片茂密的树林，传染科藏在林子里面，与院里的病区有一段距离。这时想着回团里唯一的一趟班车千万不能错过，我坚决不让连长再陪我了，赶他回去。

连长不放心将自己一个高烧不退的兵丢在院门口，犹如不放心让一个兵丢在阵地一样，不太赞同我的请求。我再三保证会想办法，实在不行就在旁边的招待所住一晚，再另想办法，他这才一步三回头地走了。我知道孰轻孰重，因为连队更需要他。其实将他赶走，人生地不熟的我，心里没有一点底，只能硬着头皮去闯了。

敲开传染科的大铁门，向人打听，果然有此人，让我在外面稍等。我徘徊在树林下，路上下班的人多了起来，心里依然忐忑不安，不停地问自己，如此冒昧求助，张护士长会不会认我这个老乡，会不会帮忙收下我住院呢？过了一会，总算见到了张护士长，我介绍自己和她是老乡，是隔壁杞木村的（如今两村合并一个村）。然后介绍了自己的病情。她起始很热情，后来有些为难，说她在传染科工作，这个忙不太好帮。

眼看最后一线希望没了，我焦急万分，把连长刚给医生说的，又复述了一遍，张护士长听后没再说什么了，让我稍等一下，转身进去了。大约两三分钟她就出来了，答应将我收了下来，安排住在科里最后一个单独的病房，或许是有意将我与其他病人分开远一点。

记得进大铁门的一刹那，午间的太阳似舞台上的一盏追光灯，打在我的后背上，让我有了信心，脚下也有了力量。

当天住进传染科后，科里就给我吃药挂水，温度依然未降下来。张护士长给我送来了一个冰袋，敷在额头上，还反复交代值班护士，及时给我更换。第二天，来了两个专家给我会诊，换了一些药，温度开始下降，人舒服多了，还能吃点稀饭，可没有什么胃口。夜深人静之时，眺望天上的月亮，倍感孤单，似乎一个人漂在海上，而四周无一人陪伴。或许人生病的时候特别脆弱，我好是想家，想在家生病时母亲给我做的葱花蛋汤，想亲人温暖的问候和关怀。可是在这个陌生的城市和医院，只能是一种奢望。

　　方连长带着连队挺进农场参加师里的秋收大会战后，每天在田里忙碌的间隙，依然挂念我。那时没有手机、没有网络，无法与我联系上。一天，场部有人来175医院办事，他特意给我捎了瓶荔枝罐头，还附上一张条子："秀才，不知病情是否好转，甚是挂念。自己一定要照顾好自己，多吃点有营养的东西。今托场里的人带上瓶罐头，祝你早日康复！"

　　这张条子如一缕春风，拨动了我内心最柔软的东西，眼里盈满了泪水，浑身感觉特别的温暖，一扫连日来病魔给我带来的阴霾，窗外的阳光透过树隙，洒进病房，照进我的心房。

　　记得小时候生病，母亲曾给我买过荔枝罐头，香甜的荔枝肉我挺喜欢吃的。可这瓶非同寻常的荔枝罐头，我怎么也舍不得吃，决计珍藏起来，作为永久的纪念。治疗的闲暇，看着浸泡在糖水里一粒粒晶莹剔透的荔枝，住院的日子里有了亮色，有了香甜的味道，有了亲人般的问候和关怀。

"雁行遥上月，虫声迥映秋。"两年后枫红叶黄的秋天，我告别光明山，离开连队北上求学，与方连长偶有通信往来，他每次都鼓励我好好工作，为连队争光。方连长因文化低，人又耿直，在82无后坐力炮连一直未挪位。因他有祖传治疗烧伤的秘方，团里特意将他提升到卫生队当副营职军医。后来，他转业回了广东的老家，从此我们中断了联系。我在军区机关工作后，到厦门出差，特意上175医院找过几次张护士长，因她退休多年，无法联系上，留下了永久的遗憾。

方连长送我的那瓶荔枝罐头，在我几次工作调动中不幸遗失，令我非常遗憾。因这瓶罐头里装的不仅仅是荔枝，更多的是连长对一个普通战士细致入微的关心，还有他浓浓的爱。

光明山，进山一片光明，出山光明一片！

如今，每次去超市看见荔枝罐头，我总是喜欢用手触摸一会，仿佛握住了方连长那双温暖粗黑的大手，也会情不自禁地想起那次住院，想起在军旅生涯中那些曾经关心鼓励过我的人……

一张珍贵的书桌

　　网上读了一篇美文，作者是位爱读书的商人，他讲述自己年近六十终于拥有一张属于自己的书桌，那份迟到的满足和愉悦的心情，无不浸透字里行间，感人至深，也让我想起军旅中一张难忘的书桌。

　　上世纪 80 年代初，我从赣西萍乡入伍来到瓜果飘香的闽南漳州。连队驻扎在一个叫光明山的脚下，营房是用石头砌成的平房，设施不太配套，没有专门的学习室，每个班里仅有一张书桌，一般是班长和副班长用，其他人也会插空用一用，班长有事要用，其他人就主动让位。我平时写家信或看书，通常掀开自己床垫一角当桌，侧着身子蹲坐在小马扎上，久坐一会腰酸腿胀，十分难受。

　　我在家就喜欢看书，加上入伍后准备复习考军校，当时最迫切的愿望就是拥有一张属于自己的书桌。那时在连队，连长和指导员是连队的最高长官，只有他们俩才拥有单独的宿舍兼办公室，还配备宽大的办公桌；排长也和我们挤在一个大宿舍里，他也只能打点擦边球，将连队仓库挤出个拐角放张桌子。对于普通战士，那时要想拥有一张属于自己安静的书桌，几乎是不可想象的事情。

每晚九点，熄灯号就会准时响起，连队值班哨跟随吹响，要求大家统一熄灯上床休息。止不住强烈求知欲的我，常常在硬板床上"烙烧饼"，望着黑沉沉的天花板，久久难以入睡。一天晚上，我翻身起床悄悄来到连队的俱乐部，里面有两张破旧的乒乓球桌，开灯趴在桌上很快就沉浸在了书的海洋里。连长查铺发现后，不好意思赶我走，一再叮嘱我早点休息。连长姓方，广东人，黑脸大嗓门，立过战功。他特别喜欢有文化的兵。连队只要是爱学习的兵，他都高看一眼，厚爱一分。

谁知几天后，团里纠察半夜纠到我，通报到了营里，连长独自承担下来，说是他让我在俱乐部学习的。营长和教导员觉得此事又不是什么坏事，也未造成什么不良影响，何况爱学习本来就是好事，就未追究连长之责。从那天起，连长就让我到他房间里去学习，只要他晚上外出有事，就会让文书来通知我。他将他的办公桌整理得干干净净，还让文书给我准备了墨水和信纸。一个战士到连长房间学习，终究是不方便的，去过几次我便借故不去了，尽管我知道连长是真心的，可我还是不想给他添麻烦，影响他的工作，更不想让自己在连队成为一个"特殊兵"。

晚上熄灯后无处看书学习，我徘徊在连队前面的芒果树下，即将成熟的芒果在夜幕下散发出诱人的香味，蔚蓝的夜空中星光灿烂，可我无心去关注树上之果，更无心欣赏天上之星。那些日子里，我特别想家，想起家中舒适的学习条件，想起父母为我新添置的书桌书柜，人很快消瘦了许多。

一日晚饭后，连长悄悄把我叫到炊事班旁的竹林边，递给我一把钥匙，他说他请团里营房股派人将连队一间废弃已久的草棚屋修葺好了，以后我就可以在里面专心学习。刹那间，我甚为感动，更有些激动，酷似现在拥有一套新房。三脚两步来到连队后面一排长长的草棚前，心情难以平静。所谓草棚，是连队用泥巴和石棉瓦搭建起的简易房，用来存放生产工具，里面无水无电，但这是连队战士最为私密自由之地。

我走到连长交代的那间草棚前，它位于最后一间，正好掩映在翠绿的芭蕉林里。想着这间草棚就要属于我独自支配了，兴奋得真想吼几嗓子。当天我就将草棚里彻底清扫干净，还接进了电线，装上了电灯，最后就少张桌子了。到哪去弄桌子呢？这可不是件小事。当时每月才六元津贴，我大部分都花在学习上，常常捉襟见肘，花钱去买张桌子是不现实的。伫立在空荡的草棚里，我又陷于无助和纠结之中。

苦心人天相助。一次我开车去师部木工厂送维修器材时，发现厂门口有张没有抽屉的旧桌子，桌面还不错，不由为之心动，当场就想将这张桌子运回去。可我一个基层战士张口向上级厂里要东西，着实不好开口，何况人家不一定会同意，临走时只能多看几眼。回到连队，我恨自己嘴笨胆小好多天。有天晚上我实在忍不住了，就和连长说起此事。连长说："你下次去将它拖回来就是了，一张旧桌子，厂里多得是。"有了连长的打气，我信心足多了。

几天后，团里又派我去木工厂拖回维修好的器材。这天我特意早早赶到厂里，装完维修好的器材后，故意将车停在旧桌子边，人下来在桌子边来回徘徊，正当我准备去找厂长时，门卫室里出来一个老人，他说："小伙子，你是不是想把我们这张桌子搬走啊？"我的脸立马红了，不知说什么好。他说这是他们厂里每天看电视用的，可不能搬走。

老人的话犹如兜头浇了盆冷水，让我十分沮丧，心情坏到极点。千万不能放弃一丝希望，这时我想起连长的话，便鼓足勇气告诉老人，自己正准备复习考军校，在连队学习没张桌子很是不便，现在房间都腾好了，就少张桌子……或许是我学习的迫切愿望打动了老人，或许老人年轻时也有过类似的经历，他犹豫一下后便答应了我的要求，还帮我将这张旧桌子抬上车。出厂时，我拉着老人的手一再道谢，眼眶里充满了泪水，后来老人说了什么，如今一点都记不清了。

这天我的车开得飞快，似乎师部到团里的山路都短了许多，路两旁的桉树也比以往挺拔高大了许多，河里潺潺流淌的水像是在为我开心而歌唱，连路过团部门口果林队小卖部时，老板漂亮的女儿阿娇都主动给我打招呼，让本来就美滋滋的我，嘴里好像又塞进了一块甜透心的糖。

桌子运回连队后，我直接抬进草棚，放置在简陋的窗户下。这时，我发现桌子没有抽屉，既难看又不方便存放学习资料。可到哪去弄抽屉呢？又一个难题困扰了我好几天。训练之余，思来想去，突然灵光一现，想到在农场当炊事员的老乡刘细昌。团里农场就在连队右边斜对面的山腰，我找到他说起这事，他说正巧农场仓库里有几个早已弃之不用的破抽屉。真是踏破铁鞋无觅处，得来全不费功夫。我如获至宝似的从仓库里找出三个好一点的抽屉，趁午休之际扛回了连队。在家有点木工基础的我，从老兵那里借来锯子等工具，不到半天的工夫，就给这张旧桌子添上了三个漂亮的抽屉，让我真正拥有了一张属于自己的书桌。

从这天起，每晚熄灯号响过之后，我就急不可耐地闪进草棚，用纸将灯遮住，为的是不让团里巡逻的纠察员发现。闽南的天气四季舒适宜人，静寂的晚上，芭蕉林下，我坐了下来，如饥似渴地遨游在知识的海洋，间或还写点新闻报道，记录连队火热的生活，投寄给军区报社。

春去秋来，终有收获。第二年的八月，我的处女作在军区《前线报》上发表了。与此同时，我也考上南京的一所军校。从此，告别了连队，告别了心爱的书桌。

光明山，进山一片光明，出山光明一片！

时间如白驹过隙，眨眼几十年过去了。每当我坐在机关高大宽敞的桌子上写作看书时，常常会想起闽南山中的老连队，想起关心我的方连长，想起连队情同手足的战友，想起那张陪伴我许多个夜晚的书桌。

枣红色军马

　　每当忆起闽南漳州光明山下的老部队，就会自然而然地想起那匹通人性的枣红色军马，想起与它临别时那声震彻山谷的嘶鸣。

　　入伍第二年，枫红叶黄的季节，我从师部司训队培训结业后，又回到老连队——82无后坐力炮连，从炮班调整到了驾驶班。驾驶班享有特殊待遇，单独住在连队后面车库旁的平房里，主要方便出车和车辆的维护保养。

　　不过，驾驶班独住在外面并不冷清，因为毗邻是团军马连。每天清晨，起床号划破光明山下的宁静，分布在山腰各个营区里的哨声此起彼伏，随即一阵"哒哒哒"的马蹄声从驾驶班门口疾驰而过，这是军马连战士披着晨曦出去遛马了，马儿以这种方式出操，迎接每个新的黎明。

　　每天出操时，望着一匹匹军马威风凛凛绝尘而去的背影，不由滋生出许多的联想。它们每天早上跑到何处返回呢？路上会遇到什么呢？连队每天跑步只能在营区打转，单调乏味。而骑兵们骑着军马冲出营门，追着风自由奔跑，穿树林，越田野，过村庄，尽情驰骋，每天都可欣赏到不同的风景，有种新鲜刺激的感觉。

"哒哒哒——"我跑完早操洗漱时，军马连的战士遛马回来了，一匹匹马儿有序地进了各自的马厩，犹如战士训练归营回到居住的排房。骑马挎枪走天下，骏马奔驰保边疆，当名骑兵好是威武神气，我不由得对军马连和军马有了浓厚的兴趣。

骑兵，是几千年来最为传统的军队，在战争中发挥着巨大的作用。在先秦时代，马就被作为战车的牵引，大显神通。赵武灵王胡服骑射，单骑兵被首次应用。不过因为那时还没有马镫和马鞍，驾驭战马十分困难，单骑兵未能普及。直到汉朝，铁器广为应用，马镫和马鞍逐渐普及，汉朝的骑兵才逐渐在战争中占得上风，能击退匈奴等骑在光马背上打仗的军队……

一日，团里派我出车给军马连到师部拉饲料，认识了连队的洪班长。往返的路上，他给我讲了许多军马的趣事，让我更想接近这一匹匹无言的战友。动物界有个自然规律，即寿命约为生长期的五倍，马的生长期为五年多，所以马能活二十五年左右。军马和战士一样，有正规的编制和档案，不能随便调动和任意处置，且待遇挺高，当时我们每天的伙食费仅六毛二，而它们的标准却十多块。

出车训练回营，我特意去军马连看看。一排长长的马厩望不到边，里面拴着几十匹高大的军马，宛如炮库依次排开的一门门昂首傲然的火炮，气势壮观，只是散发出的味儿有点难闻。军马立在槽边，嘴里不时嚼动饲料，更多的是闭目养神，像在回味军旅岁月，间或左右摇摆粗大的尾巴，驱赶讨厌的蚊虫。

洪班长围着一条宽大的白围裙，正细心给一匹枣红马刷毛鬃。马儿眯着眼，温顺地按照他的指令移动位置，神情惬意，酷似人躺在按摩椅上，舒服如神仙。马儿发现我来了，看了我一眼。或许真的有缘，与它对视的瞬间，我感觉就喜欢上了这匹马，用现在的话形容，即对上眼了。

这匹枣红军马拥有黑色的长鬃，前额有个白色的圆点，甚是扎眼，犹如人脸上的胎记。或许它天生就是一匹好马，造物主为了让人一眼识货，特意留下个印记。它见我靠近，睁开大眼，开始喷着响鼻，似乎对我这个陌生人感到些许紧张，或是排斥、讨厌，大抵是惊扰了它难得的享受时光。它的眼睛水汪汪的，漆黑似墨，修长的脸和脖子，修长的腿，皮肤光亮，尽管我过去对马不太熟悉，但凭直觉，认定这是匹上等的好马。

洪班长忙完后，从他口中获知，果然此马非同一般，无论奔跑的速度，还是接受口令的反应，都比别的马儿要敏捷，凡是外出露脸或为连队争荣誉的事，肯定少不了它。上任照料它的饲养员退伍后，它沉默了几天，消瘦了许多。

自从喜欢上这匹枣红马后，我去军马连的次数明显多了，每次去都会摸摸它的头，还会给它添点饲料，或是加点水，它也不排斥我，亦未见它对我有什么回应。怎样才能走进马的内心世界，让它真正亲近我呢？

　　有天洪班长见我未出车，特意将枣红马牵出来，我们一起来到驾驶班下面的小河边，让它换换胃口，吃点新鲜油嫩碧绿的水草。我跟在枣红马的左侧，洪班长在它的前边，他紧紧攥着缰绳，生怕马突然间爆发脾气踢伤我。走了一会，见它并不反感我，连响鼻都不喷，他放心了，并笑着对它说，老伙计，认识他吗？这是隔壁驾驶班的小李，可喜欢你了。它似乎听懂了，抬起头朝我身上闻了闻，似乎要熟悉我的气息。我上前轻轻地摸了摸它长长的鬃毛，光滑油亮的皮肤，还有那个白点。摸到白点时，奇怪的是，它竟然一动不动，这家伙莫非知道自己有个"胎记"，见我欣赏感觉自豪和得意？真的无法破译，只知道它开始接纳我了，视我为它的战友。

　　过了小河，来到大路，洪班长见枣红马对我有了好感，便鼓励我骑上去试试。说实话，我能将一辆解放牌大卡车在路上开得顺顺溜溜，要说骑着马跑起来，还真有点害怕，主要是心里没底，骑上马背无法驾驭，不像汽车踩下刹车就能停下来。容不得我多考虑，洪班长把我扶上了马背，他在前面帮我牵着枣红马。马儿见我骑在了它的背上，竟然没有发脾气，野蛮地将我颠下来，只是步子有点零乱和别扭。而我犹如学驾驶第一天上路，心里像十五只吊桶打水——七上八下，双手须臾不敢离开马鞍，生怕掉下来摔个鼻青脸肿，洋相就会出大了。

走了一会，洪班长让我双手拿着缰绳，跑几步看看。他在马屁股上用力一拍，大叫一声"驾"！马开始小跑起来，朝二营后面的大路冲去，像是汽车突然加大了油门，路旁的桉树开始向后移动，田野和庄稼在跑，我紧张得要命，心提到嗓子眼上，头发直立，生怕马儿不听招呼，更怕一时停不下来，伤了驻地老百姓。

"吁——"后面传来洪班长洪亮的口令，枣红马令行禁止，渐渐停了下来，让我有惊无险，但汗水渗湿了后背，不知是热出来的，还是吓出来的。

军马连的马儿夏天最难忍受的是蚊虫的袭扰，每匹马的脖子、脸上、眼角和肚皮上都落了厚厚的一层蚊子，随便用手拍打马的脸，满手心都是血。据洪班长介绍，每匹马夏天少说也要被蚊子喝掉三斤血。面对蚊子的袭扰，年轻的军马暴跳如雷地打着响鼻，焦躁不安地摇摆着脑袋，但均无济于事，根本赶跑不了拼命吸血的蚊虫。只有这匹枣红马显得淡定，像是历经过大事和风雨，始终不急不躁，多是抖动身子，或用力甩动尾巴。

每天洗完车，我就会去看望枣红马，冲洗干净马厩，给它身上拍打蚊虫，用刷子给它梳理马鬃。日久生情，它每次见到我都会打量许久，大嘴动了动，像是在说什么，只是我听不懂而已，可是我知道，它是在跟我打招呼，好似在说，战友你好！临别时，它会很感激地用舌头舔我的手，耳鬓与我的脸亲昵地厮磨。

和枣红马有了感情后，我骑马的胆子大了起来。洪班长遛马，常常带上我。我轻轻踩上马镫，翻身跃上枣红马宽大的马背，一手抓住缰绳，一手挥动马鞭，大吼一声："驾——"在驾驶班前的大路上奔跑，酷似一名真正的骑兵，驰骋疆场。枣红马奋蹄嘶鸣，一往无前，驮着我出了团里的营区，来到驻地外的大河边，河水清澈如镜，两旁的甘蔗林一望无际，层层叠叠的芭蕉林中飘荡着诱人的香味，天上白云悠悠，宛如一幅美妙迷人的山水画，美得让人恍惚，更让人沉醉。

两年后的秋天，光明山层林尽染，瓜果飘香，我要离开团里北上南京上学。

走的那天，我背着背包向枣红马告别，抚摸着它的头和那个白点，久久不想离开。它真的通人性，眼里淌着泪水，不停地用舌头舔我的手，耳鬓与我的脸亲昵地厮磨。

我上车的刹那，它陡然仰天一声嘶鸣，在光明山下久久回荡……

站　哨

军营一直流行这样一句话:"新兵怕号,老兵怕哨。"

新兵初入兵营,定力尚欠火候,只要听见号响,不知所措,紧张得不得了,生怕听错了,或是担心迟到了。而老兵号听多了,早就习惯了,能快速分辨出各种号声,从从容容应对。

当过兵的人都知道,其实新兵也是怕哨的,只是怕的内容不同。老兵怕哨怕的是耽误睡觉,怕冬天半夜起床,尤其是怕站倒数第二班不尴不尬的哨。而新兵怕的是站哨,尤其怕站夜哨,怕黑黢黢的夜,怕黑夜里陡然闪出骇人的影子和发出鬼怪的声音。

闽南漳州光明山的脚下,挺立着一排排高大粗壮的桉树。桉树后面,竖着几栋石头砌的平房,任凭风吹雨打,岿然不动;任凭兵们进进出出,始终沉默不语。

团部大楼前,设有威严的哨兵,二十四小时都有人执勤。我办事路过大楼前，瞧见老兵神气笔挺地站在哨位上，那有板有眼的军姿，那坚定的眼神，那浑身散发出的军人阳刚威武之味道，煞是羡慕，倍觉自己职业的神圣与荣光。甚至盼着新兵训练快点结束，这样就可在连队站哨，在战友面前露个脸，美美地牛上一回。要是有机会，还可请战友给我照张站哨的相，加快寄回家，让父母也高兴高兴。

三个月摸爬滚打，九十天魔鬼训练，我们这群新兵终于领到了军营的"合格证"。这天宣布完新兵下连命令，连长最后扯开大嗓门吼道："从今天开始，新兵可正式独立上哨了！"

"啊——"队伍中一片欢呼，有的战友还情不自禁地跳了起来。看来不仅是我有这个想法，其他战友也一样啊！

解散回排房的路上，风把桉树吹得"哗哗"作响，连队门口潺潺流过的小溪，今天发出的声音也是欢快的，似乎都在庆贺我们新兵生活圆满结业。想着自己即将上哨，双腿呈跨立状，腰板如青松立在哨位上，战友们路过都会向我这个新兵行注目礼，那该多神气啊！要是营长或连长路过，我会"啪"的一下，给他们敬个标准的军礼，他们也会给我这个新兵回礼。要是团长来连里检查，我是全连第一个见到他的，给他敬礼，他也会给我这个当兵才三个月的新兵回礼，甚至会问问我的名字和家里的情况……真不敢再往下想了，反正心里美滋滋的，宛如小时候过年般的开心愉快。

谁知一千个一万个没有想到的是，下连后第一次站哨竟是班夜哨，心里陡然没了底，甚至有些失望，犹如第一次打实弹，扣下扳机子弹飞出去了，上没上靶还真没个谱。

想想入伍前在家里，天一黑，山村里犹如一口倒扣的大铁锅，什么也看不见，也轻易不敢出门，一定得有人陪着，因为山里有野兽出没，不时发出怪叫声。而且走在夜路上，我总觉得有鬼怪从黑暗中蹿出来，悄悄跟在我后面，阴森可怕。想想晚上要独自扛着这支没装子弹的冲锋枪，两个小时孤零零地站在黑夜里，头皮有些发麻，手脚也有些冰凉。

没资格站哨想站哨，轮到站哨又胆怯，真恨自己没出息。熄灯号响过后，想着晚上站哨的事，心里全是担心，久无睡意。后来在忐忑不安的胡思乱想中，不知何时迷迷糊糊地睡着了。

凌晨两点，站我上班哨的战友叫醒了我。我睡眼惺忪地接过他的枪，交接完口令后，穿好衣服就出了门。门口的芒果树下站着一个人，走近一看，原来是班长。

莫非他知道我怕站这班夜哨？班长什么也没说，蹚开大步走在前面，我也不便多问，紧跟在后面。来到连队后面的芒果树下，班长给我简短交代完站哨的注意事项后，转身就回去了。

我见班长要走，心里的怕陡然又涌了上来，越积越多，想喊他留下来再陪陪我，可嘴张开好大，还是未发出声。

电线杆上有盏灯，但在这黑黢黢的深夜，仅能照亮一小块地方。夜很静，静得可怕，静得连掉下根针都能听得清清楚楚。营房后面连绵起伏的山此际漆黑一团，宛如一个个面目狰狞的怪兽，随时要向我扑来；瞅一眼旁边的菜地里，好像有一双双闪着绿光的眼睛在打量着我；抬眼看看远处的树林，天啊，好似有什么东西在来回地走动……想七想八，更是害怕，只听见自己的心脏在"咚咚"地狂跳，似乎要蹦出来了，空气中四处弥漫着紧张的气氛。

我刚到连队就发现，排房里窗户很低，且仅有两扇推拉的玻璃门。我好奇地问老兵，开着窗户无遮无拦，小偷不是随手就可将东西偷走？老兵告诉我，这里是福建沿海前线，过去常有特务来偷袭，如果在门口架挺机枪便无路可逃，因此窗户都不装钢筋，更不能太高，以方便应付突发情况。

要是今晚遇上特务来袭怎么办？想到这，我赶忙机警地向四周扫视一圈，又将枪握紧了一下，尽管里面没子弹，可在恐惧的情况下，只能靠它壮壮胆了。

不行，还是有些担心，"啪"的一下，将枪刺推了上去。我想要是真遇有情况，这刺刀可抵挡一下。

"沙沙——"这时工具棚旁边的芭蕉林里发出声音，我隐约看到有个黑影朝我这边移动，头发霎时竖了起来，迅捷将枪端在手里，直指发声的地方。

黑影好像见我发现了他，且用寒光闪闪的刺刀对着他，可能有了畏惧，便停留在芭蕉树下不动了，与我默默地对峙。

五分钟过去了，十分钟过去了，天啊，好似在考验我的忍耐程度。莫非真的是特务来了？要是一个特务上来了，我先用刺刀撂倒他，再向连队报信。拼刺刀，我还是有股子力气，在家时一担水我能用手轻易提回家，一袋稻谷也能轻松背在肩上。可要是多几个特务来袭，枪里又没子弹，就无法对付了。哨兵是连队唯一的一道安全门，一旦失守，连队战友的生命就会有危险，我感觉后背有些发凉。

这时一阵风吹来，将芭蕉叶打得"啪啪"作响，糟了，里面好像藏着还不止一个黑影，似是有一个班，或是一个排。天啊，这么多的特务来袭咋办？我慌乱中拉了一下枪机，大喝一声："出来，再不出来就开枪了！"声音在静寂的黑夜传得很远，但很快就消失了。

不行，不能再等了，我得赶紧回连队报告情况，不然连队遭偷袭就麻烦了，我想跑步回连队报告。

"不要紧张，没什么情况。"

刚跑两步，班长闪了出来安慰我。原来他一直没有走，在暗中观察、陪伴我。

见到班长，我如抓到救命的稻草，立马镇定多了。他说完就径直带我来到芭蕉树下，黑影原来是附近村庄的一只狗，晚上来连队找东西吃，刚才一直蹲在芭蕉树下不动，见我们过去，它才磨磨叽叽地走了。

返回的路上，班长告诉我，每个首次站夜哨的兵都有些害怕，这是正常的。其实，他当年站夜哨比我还紧张，眼泪都出来了，听到风响就往连队跑，他的班长就躲在墙角，特意陪他把第一班哨站完。后来他当了班长，每年的新兵站第一次哨时，他都继承班长的传统，先躲起来练练新兵的胆，有情况再出来处置。

班长告诉我，作为一名军人，站夜哨时要善于分辨出黑夜中的任何声音。比如，"哗哗哗"是桉树叶的声音，"呱呱呱"是池塘里青蛙的鸣叫，"曜曜曜"是墙脚或路边蟋蟀在歌唱……

班长还语重心长地对我说，军人任何时候都要镇定，稳如泰山，遇事不乱，临危不慌，站哨也如此。夜晚站哨更是要快速准确地辨清各种声音，才能随机处置，不然上了战场就会上当，暴露自己，贻误战机。

班长说得真有理，让我大长见识。以后站哨，我胆量大了，也镇定多了，每个从眼前晃过的影子或出现的声音，都能准确判别，不像首次站夜哨时那样慌张了。

岁月如梭，白驹过隙。眨眼我也成了名老兵，当上了班长。新兵首次站夜哨，我也会去送他到哨位，然后偷着躲起来，暗中观察新兵，一有情况就及时出来，给他鼓劲加油，帮他走稳军旅的每个步子。

樟木箱

　　闽南漳州山多，连绵起伏，过了一山又一山，唯独这座叫光明山的山，让我一生魂牵梦萦。

　　清晰记得出山那年，是我进光明山还差两个月就整三年。一阵风起，连队门口芒果树上的黄叶飘零，落在了花坛上，铺在了沙子路上，飞向了隔壁的100炮连。

　　叶子知人意，宛如我纷飞的思绪。光明山，进山一片光明，出山光明一片。在山里经过近三年的历练淬火，我成了一名老兵，即将要出山，北上求学。曾无数次想离开这山，可真的要走了，还有些舍不得，毕竟在山里生活这么久，还是有感情的。

　　军人职业特殊，每天保障安全，时时枕戈待旦，一纸命令，离开驻地非常简单，背上背包，提上行李就可出发。要是打仗，将包里的东西一分为二，一部分前送，一部分后运，多余的东西还要直接寄回家。现在更是简单，一个背囊全搞定!

那时部队过紧日子,生活清苦,一切都简单,微薄的津贴月月光,连一件便宜的衣服都买不起。退伍时,每人发两只麻袋,一只装被子,一只装脸盆和日常用品,扁担一挑回了家,袋中没啥值钱的,只为家中添了两个装粮食的麻袋。那时笑军人"土",说军人"穷",称军人是"穷当兵的",还真是这么回事。我每次回家探亲,路费要积攒好久,回家全靠家里给点钱,不然真不敢出门。

要离开连队了,山下度过两年多的时光,除了不舍,还有一事让我一筹莫展——家中带来的书及一堆稿件,不知如何寄回。我从家中带的上海牌手提包,平时用来存衣物,走时要用来提日常用品。上驻地商店购买一只旅行包,不仅外出不便,最主要的还是寒酸,袋中没钱。那时真是一分钱难倒英雄汉。

入夜,窗外圆月高悬,月光透过桉树的缝隙,如水般泼洒在连队门口的操场上,似波涛一样起起伏伏。风来叶响,仿佛密密麻麻的战士嗷嗷叫着,勇往直前,冲锋陷阵。

连队排房里,训练一天的战友鼾声如雷,我却久久难以入睡,干脆披衣下床。尽管已立秋,但山里还是闷热异常。来回在操场上踱步,解放鞋将沙子踩得"沙沙"作响,不时有巡逻的哨兵路过。只要思想不滑坡,办法总比困难多。我一直坚信这个道理,山下许多棘手的事情,正是在操场上踱步中找到解决的办法。走着走着,陡然灵光乍现,我想到了军务股的战友，他负责给退伍老兵发麻袋，如果有剩下的袋子，就可解燃眉之急。

第二天训练间隙，我请假来到团机关，找到这个战友，说了事由，他非常热心，带我来到树林下的仓库，翻了半天，竟然一只麻袋也未找到。战友说，每年都是算好的数量购买，多余的几个早被调动或转业的人要走了。

希望就像美丽的肥皂泡，刚升起就破了。我失望地走出团部，回连队的路这天仿佛好长，双腿好沉，有些迈不动，犹如跑五公里快到终点时的感觉。吃晚饭时，遇见连长方炳海，他见我垂头丧气的样子，知道有心事。方连长是副热心肠，爱兵如子，获知我寄书稿之事后，他说他认识团军需股的助理员，找助理员要只大纸壳箱就能解决问题。方连长回到宿舍，写了张条子，盖上私章，让我带上，明天去团部找这个助理员就行。

我兴奋地攥着这张用信纸写的条子，三步并作两步回到排房，小心翼翼叠好，放进上衣口袋。是夜，睡了个安稳觉，还做了个梦，梦里梦见我的书稿，全部放进一只干净坚硬、散发出樟脑丸味的箱子里，开心进了邮局，寄回了魂牵梦萦的故乡……

早饭后，我再次请假，来到位于山腰的团部，找到这个助理员，递上条子。助理员问我："你是82无的？"我说是的。他说纸壳箱在发服装时才有，这个季节恐怕难找。助理员同样带我到仓库，角角落落寻遍了，也未找到一只多余的纸壳箱，我只得悻悻而归。

当天吃过晚饭，我独自来到班里存放生产工具的草棚，翻看这一堆手稿，连连叹息，弃之不要，于心不忍，这可是近三年时间的心血，记载着自己创作之路的每步进程，是自己军旅生涯最珍贵的资料。

熄灯号响过，我根本无法入睡，反复在床上"烙烧饼"，因为后天就要出山了，再弄不到装书稿的东西，只得忍痛丢下，这或许会成为我一生的遗憾。披衣出了排房，月亮躲在光明山后迟迟未出来，似乎也知我意。风却像往日一样早早地来了，在山里乱窜，四处弄得"哗哗"作响。想着这堆书稿没法邮寄，心绪如麻，欲理还乱。这时发现连队的排房里闪出一个人，且径直向我走来，是谁呢？是团里来了查哨，班长催我回房休息？还是……

人影走近，方知是排里老兵大强，他比我早两年进山，酷爱文学，我们深夜常在连队俱乐部里一起看书写作，彼此熟悉，称得上是文友。大强对我说："别再烦心了，我的樟木箱让给你。"我起始以为听错了，直到他将我带到草棚，见到那只腾空的樟木箱，方知这是真的。

上世纪80年代初，在连队能拥有一只樟木箱挺牛的，比今天高档的皮箱还珍贵，主要是木材难弄，加上还要有木工技术，才能加工成箱子。那时退伍能带一只樟木箱回家，是令人羡慕的！大强这只箱子是爱好文学的老兵出山时送给他的，尽管箱子灰旧，铁片生锈，但在连队很难见到，算得上是他军旅中唯一的"贵重物"。

箱子送了我,你的书稿咋办?大强说这个不要管,他会再想办法。大强在决定送我箱子前,肯定做了一番艰难的考虑,因为他手稿堆在草棚的凳子上,不仅潮湿,还随时可能会被鼠啃虫咬。我知道,在光明山下的军营,他再拥有类似的箱子是难上加难。真不好意思夺其所爱,我委婉拒绝了,转身出了草棚,大强追了上来,一把拖住了我……

盛情难却,我只得收下他这份珍贵的"厚礼"。

我将书稿装进樟木箱里,小心封好,在火车站办了托运,寄回了老家。那个年代,没有网络,也没有手机,通个电话十分不便。离开连队后,我与大强通过许多信,感谢他的热心相助,当然谈的最多的还是文学,还有光明山的军旅感悟。后来,大强退伍回了湖南老家,从此中断了联系。

这只樟木箱子一直贮存在我家老屋的二楼上。父亲健在时,每个夏天都会搬出来,将手稿晒晒。每次回家,我会找出光明山下的手稿,那是初入军营的真实记录,点点滴滴,令我难忘。真心感谢战友大强,不然这些手稿可能全都被遗弃在了光明山下的草棚里,任鼠啃虫咬,或是会被扔进垃圾堆。岁月如流水,老屋遭遇拆迁,几经搬家,这只樟木箱子始终未遗失,一直保存完好,还有那些珍贵的手稿。每当抚摸这只染上岁月味道的箱子,我就情不自禁忆起光明山,忆起老兵大强,当年他忍痛割爱将这只珍贵的樟木箱子送给我，战友情深，比光明山高，比闽南水还长。

不知大强回故乡可好？月朗星稀的晚上是否会记起我？记起那只散发香味的樟木箱？

连队芒果飘香

　　清晰记得，到连队是深夜。从家乡赣西萍乡坐两天两夜的火车，傍晚时分到达了闽南的漳州。然后，汽车载着我们在市区擦个边，便一头钻进莽莽的群山，沿着崎岖的山路爬行，在一个叫倒桥的地方"吱嘎"一声，停下来了。卸下一部分人后，汽车继续向山里挺进，直到凌晨才将我送至光明山下的连队。

　　石头砌的排房里直挺挺地竖着三排高低床，因我到得晚，下铺早没了，只能安排在中间靠窗最后一个上铺。下铺的战友早睡着了，呼噜山响。我轻轻地爬上了床，摊开散发着浓浓樟脑丸味的被子，又困又累，躺下不久就进入了梦乡。

　　清早，我在军号声中醒来。初来乍到，事事新鲜，走出排房，发现连队门口有四棵碧绿的树，犹如撑开一把把翠绿的伞，亲切地欢迎我这个晚到的新兵。我以前在家从未见过这种树，有点像桂花树，但叶子比桂花树的要大。这是什么树呢？我好奇地问老兵，老兵告诉我，这是芒果树。

家里种的多是桃树、梨树、李子树、杨梅树、柚子树和枣树，我从未见过芒果树，更没吃过芒果。即使去外婆家或姨娘家也未见过，或许是气候和水土原因吧。记得二哥曾尝试在菜园里种过苹果树，可结出来的苹果仅李子大，且又苦又酸，后来只好将树砍掉当柴烧了。

天天与芒果树相伴，不由对树多了几分兴趣。出操或吃饭回来，我总是喜欢围着芒果树走上几圈，对树打量一会。累了，就靠着芒果树打个盹，梦中常回到家乡，见到爹娘；有时想家了或受委屈了，也会来到树下，发会儿呆；家里来信了，同样来到树下，坐在石头上，慢慢读着，面部情绪的变化，芒果树看得清清楚楚。在信中，我告诉爹娘，连队门口有四棵芒果树，有点像家里的桂花树，四季不落叶，听老兵说，秋天树上的芒果又香又甜呢……

连队芒果树与我最亲密，因为它柔软的枝条大大方方伸向排房的窗台，让睡在上铺的我伸手可及。听老兵讲，这四棵芒果树与连队营房同龄，至今有三十多年的树龄了，是当年建营房的老兵亲手种植的，曾有老兵回来在树下合过影。原来这芒果树是连队的"老兵"了，历经岁月风霜雨雪的侵蚀，许多地方露出了大洞，树皮也裂开一道道的缝，怎么也合不上，在冬日的寒风中显得有些沧桑。

冬去春来，闽南多雨，整日细雨纷飞。经过一场又一场蒙蒙细雨的浇灌抚慰，沉寂了一冬的芒果树醒了，缓过神来了，似乎一夜间就开始抽出新芽，长出了嫩绿的枝叶，模样十分可爱。半夜风起，风吹叶落，清早起来，满地都是芒果叶子，我和战友们挥起扫帚，将它们扫成一堆，叶落归根，全都堆在了树下，久之就腐烂成了上等的肥料，目的是盼望树上多结点芒果。

"水晶帘动微风起，满架蔷薇一院香。"眨眼到了四五月间，芒果树开花了，花满树冠，葳蕤压枝，煞是好看。那些日子，睡在上铺的我总是小心翼翼，凝神静气听着花开的声音，又生怕声音太大耽误了花期，甚至怕一个喷嚏将本该结果的花蕾震落掉了。花总是在我沉睡中尽情地开放，清早起来，满树都是璀璨夺目的花，像粉黄粉黄的雪花，散挂在芒果树的枝条末端，摇曳多姿，妖娆妩媚，宛如连队门口陡然来了四个绝色的美女。

花谢之后，芒果树上长出一个个小芒果，酷似一个个调皮的孩子在捉迷藏，悄悄地躲在茂密的叶子下，让人怎么也找不着；有的又酷似闪着一双双可爱的眼睛，天天开心地对我们微笑。眼见树上的芒果一天比一天长大，想着很快能吃上又香又甜的芒果，我常常味蕾翻滚，恨不得芒果立马就长大，让我尝个够。连队清苦的日子，因为有了芒果，有了吃芒果的企盼，日子似乎有了盼头，干什么事都是甜的。

初秋时节，连队的芒果熟了，它们穿着金黄色的衣裳，有的三个一伙，五个一群，挨挨挤挤的；有的大概不喜欢热闹，独自一个挂在树枝上，挺着金黄的大肚皮；有的像害羞的小姑娘，躲在绿叶中，只探出小脑袋，悄悄地打量着周围的世界，悄悄地打量连队这群兵。这景象让我看在眼里，喜在心头。到底有多少个呢？早上出操后，我一个一个地数起来，可数来数去就是数不清。

晚点名时，连长方炳海宣布一条纪律："树上的芒果谁也不能摘，谁摘了就处理谁。"我听后好是纳闷，好不容易盼来芒果熟，可又不能随意摘，是不是留给营里和连队干部吃啊？

第二天清早，文书和通讯员带着炊事班的兵，把树上的芒果全部摘了下来，装满一个大竹筐，存放在了连部。看着不见一个芒果的树，我好是失望，心里的滋味无法形容。吃早饭集合路过连部时，老远就能闻到芒果诱人的香味。心里想，连部几个人这两天就可吃个够了。

中午出公差，我路过连队的家属点，无意中发现暑期来队的家属和孩子，正在门口开心地吃芒果。陡然，我明白过来，原来连队是将这些芒果慰问临时来队的客人。

几天后的一个晚上，连队在俱乐部召开表彰大会，奖励前三名的训练尖子。让我再次感到意外的是，奖品竟然是芒果，每人奖五个。其时国家不富裕，部队上下过"紧日子"，常常肚子只能吃个半饱，连队没家底，只能用这个代替奖品，可见连队干部用心良苦。不过，这对当时仅有六元钱津贴费的我们，奖几个芒果也是挺高兴的。

连长方炳海站在台上扯着大嗓子，宣布完训练尖子的奖励名单后，朝我看了一眼，我的心立马悬了起来，莫非摊上什么事了？苍天在上，明月可鉴，我可没偷摘芒果吃呀！在忐忑不安中，只听见他说："今天连队还要发个特别奖，奖奖咱们连队的'秀才'，他在集团军举办的'志在军营'征文比赛中，荣获二等奖，刚才师里的电话通知来了，这是团里的喜事，更是连队的大喜事，同样发个奖，大家都要向他学习。"台下霎时掌声四起，我的心也落了地。因我在连队负责出黑板报，方连长就喜欢称我为"秀才"，渐渐地在连队传开了。

　　我捧着连长发给我的五个又大又黄的芒果，闻了又闻，啊，真香！等战友解散后，我急不可耐地剥开皮，那黄嫩的果肉露了出来，轻轻咬上一口，一股浓浓的甜味里夹带着一丝丝酸味直透心窝，黄色的汁水还顺着嘴角流了出来，那个吃相要是像今天传到网上，必定让人笑喷了。吃完后，嘴里还在回味着那甜美的味道，芒果真不愧是果中极品。剩下四个喷香诱人的芒果，我还想接着吃，因仍未过瘾，但我突然想起班里的战友，不能再独享了，赶忙回到排房，将芒果分成八份，请班里的战友也尝尝。和我同年兵战友黄东是河北人，也和我一样在家从未见过芒果树，更是天天念叨着想尝尝芒果的味道，这下终于如愿以偿。我把我的一份也给了他，他吃着笑着，极像个孩子，样子好是可爱，至今他都常和我说起他那天吃芒果的感受和窘态。

"万壑泉声松外去，数行秋色雁边来。"三年后的秋天，我收到录取通知书，要到六朝古都南京去上学，行程较急，当天就要启程，特意去连部向方连长辞行。

　　"秀才，真要离开连队了？"连长握着我的手久久不松，满眼皆是不舍。三年朝夕相处，连长待我如兄弟，给了我无微不至的关心，教会我许多书本上学不到的知识。同样，我也很是不舍。

　　连长送我出门时，他在芒果树下突然想起什么，让我等等他，说完又返回他的房间，拿出五个芒果，或许是贮存久了，上面有了黑点，但依然散发出诱人的香味。

　　我知道，连队不多的芒果全都要派上大用场，便推辞不想要。连长又抓着我的手说："秀才，你考上军校是大喜事，应当奖励，只是走得太急，连队还来不及开欢送会，这芒果就算是奖给你的，欢迎你今后常回连队看看，记得常给我写信……"

　　沿着来时的沙子路，穿过一片茂密的桉树林，我依依不舍地告别了连队，告别了光明山。捧着这五个香气四溢的芒果，回头眺望山下的连队，还有连队亲如兄弟的战友，忽觉这山下的一切都是香的甜的……

　　走老远了，这浓浓的芒果香啊，依然未散，在我身边萦绕，一直伴随着我的军旅人生。

紫泥农场插秧

军旅人生，东奔西跑，居无定所，许多事情身不由己，不管你愿不愿意，必须无条件执行。

上世纪 80 年代初，从赣西农村入伍的我，做梦也没想到，刚从田里洗干净脚上田埂，穿绿军装到了部队，竟然还要下田插秧，再次体验"锄禾日当午"的滋味。

部队驻扎在闽南漳州的光明山下。三个月新训生活结束后，我被连队推荐到 91 师司机训练大队学习。按惯例挖完鱼塘，刚刚开训，谁知又接到去紫泥农场插秧的任务。

军人，以服从命令为天职。无须动员，一声令下，全体学兵打起背包，爬上带篷布的教练车，在沙子路上飞奔。那时闽南的公路多是沙子路，包括直达海边的战备公路。我坐在车厢里，心里五味杂陈，真弄不明白军人怎么还要干农活？当时作为一名基层的普通战士，自然不了解其时的复杂背景。后来成了老兵，方知那时高层要求部队过紧日子，每天仅几毛钱的伙食费，根本吃不饱饭，只能发扬南泥湾精神，自己动手丰富菜盘子。当年不但师里有农场，每个团也有农场，军区还有大型农场。

车队宛如长龙，在龙海县境内翻山越岭，下了大路，拐进村庄，在逼仄的巷子里小心翼翼如蚁爬，有两台车不小心刮掉了村民房顶的瓦片，照价赔偿后，继续开拔。

出了村庄，已进石码境界，前面就是一望无际的大海，紫泥农场就藏在海湾内，宛如两个巨臂紧紧相抱，将海水海浪挡在了外面。中间竖着的几幢楼房，便是场部，下面还分散着几个分场，是清一色的平房。房子的周边全被农田包围。农场的路特别难行，稍不注意轮子就会掉进田里，很难爬上来。农场早将稻田全部耙平，田里水汪汪一片，青蛙在洞穴里吟唱，海鸟在田埂上起舞。如果不是来担负辛苦的插秧任务，到海边看看风景，尝尝海鲜，倒是一趟不错的美差。

抵达农场，立即分兵至各个点上，迅捷受领插秧任务。我和班里的战友住进一幢空荡的平房，这是农场专供临时来此支援农事的部队住的，就似三界训练基地保障轮训部队住的营房，条件简陋，连张床都没有，只能打地铺，垫上塑料布，打开背包，一字排开。军人四海为家，走到哪就驻扎在哪，从不计较环境好坏，埋怨任务艰辛，这也是我军战无不胜的法宝。来此插秧干农活，内务卫生过得去就行。我发现隔壁空置房里有堆干稻草，甚喜，抓上一把，垫在塑料布下，防潮又当床垫，人躺在上面，明显舒服多了。记得小时候，父亲喜欢在我们的床下垫一层温暖的稻草，半夜能闻到稻草清香的味道，还有太阳的味道。

当天下午，以班为单位到现场熟悉任务区域，学会插秧技术，酷似大战在即，气氛热烈，每个点上都动了起来。

说起插秧，来自农村的兵从小就跟着大人在田里实践，早掌握此技巧。倒是来自城里的兵，从未下过田，秧苗都不认识，每个环节需临时学习。场部派来几个战士当教练，在田边做示范。听口音很熟悉，私下一问，这几个教练竟然全是萍乡老乡，和我一批兵，只是他们下火车后，直接分在了农场。在家中原本是种田的，或许做梦也没想到，当兵后会分到农场种田，当兵三年，种三年田，天天与稻田打交道，和其他战友比，确实有些遗憾。但岗位由组织分配，自己无法选择，只能无条件服从。听说紫泥农场的场长姓敖，也是萍乡人，后来转业回家乡当公园的园长，只是我一直未见过他。

农场首晚，我久久难以入睡，呼啸的海风似乎要将房子掀跑，尤其担心海水越过大堤，灌进房子里。第二天清晨，天还未亮，急促的哨声将我们从梦中惊醒，推门一看，房子完好无损，海水也未倒灌进来，悬着的心才踏实放下来。

星星悬挂天空，有几丝风拂过脸颊，东边海边泛了红色。我睡眼惺忪地挑着一担箩筐下田拔秧，每人拔好一担秧方能吃早饭。下到田里，一畦长长的稻秧看不到边。秧苗绿得晃眼，还未伸手开拔，蚂蟥闻响而至，拼命爬上大腿，疯狂吸血，轻拍是不会停下来，只有用力拍打，蚂蟥才会极不情愿松口，常常弄得满腿都是通红的鲜血。这样的大战蚂蟥场景，我曾经在老家的秧田里见多了，一边拍打，一边拔秧，淡定应对，从容忙手中的活计。来自城里的兵瞧见腿上的蚂蟥，顿时惊慌失措，许多人喊叫着跑上田埂，又跳又打，再下田自然小心翼翼，好像田里有地雷，一步一步探着走，好是逗笑。

天大亮后，蚊子大军又来了，密密麻麻，铺天盖地，嗡嗡地叫着，像一架架轰炸机从头上俯冲下来，疯狂地在裸露的胳膊上和腿上叮咬，有的直往头发里钻。发疯的蚊子甚至隔着衣服也能吸血，叮得全身又痒又痛。手上有泥水，不好去抓挠，只能学牛，全身抖抖，蚊子根本不怕，这种蚊子称之为"舍命王"，即使有被打死的风险，也要先吃饱肚子。真是：拔秧人起舞，汗滴稻田土；谁知叮咬味，时时皆辛苦。

伙房里飘出馒头的香味后，我一担秧拔好了。好多城市兵连一只箩筐也未满，急得直骂这些讨厌的蚂蟥和蚊子。骂归骂，拔秧的任务是要完成的，只是早饭时间缩短了，有人还将馒头带到田边。

早饭后，我光着脚，挑着秧来到田边，俨然像个农夫，唯一不同是穿了一身65式军装，上身红旗两边挂，眺望四周田野，红色闪耀，场景十分壮观。农场的田不像山区的田，一小块一小块层层叠叠，这里的田方正大气，大得吓人，下到田里一眼望不到边。老家插秧，田平整后，用带轮子的禾架子横竖画好线，在交叉处插秧。这里插秧方法特殊，与家乡截然不同，班长和助教牵一根长长的麻绳，站在田里的两头，绳子上拴无数根红布条，秧就插在红布条处，全班一字排开下到田里，犹如集体冲锋，只是手里未扛枪，身上未挂弹，稻田当战场，秧苗是武器，平均每人分四棵以上的秧苗任务。班长嘴里衔个哨子，犹如一把军号，哨子一响，田中的线就立马提起，向前移段距离，而那一根根插在泥里的秧苗，酷似射出去的一发发子弹。

刚下稻田，城里兵觉得好玩，还谈笑风生，可插上一会，腰就酸了，脖子僵硬了，老想直腰站一会。为了赶进度，不会为一两人跟不上而停下来，哨子总是急促响起，城里兵急得满头大汗，咬牙向前赶。海边的太阳似乎升得有些早，田中央无遮无拦，太阳照在头顶，口渴难耐。想喊报告上岸休息一下，可每人都有任务，少个人插秧，旁边的人要接上多插几棵，休息一两次就有些不好意思了。有的城里兵坚持不住了，眼前一黑，栽倒在田里。班长命令两旁的人将其抬到田埂上休息，休息好了还要下田，轻伤不能下火线，反正当天的任务一定要完成，就似受命攻下一个山头，不能打半点折扣。

早饭吃的是稀饭馒头，不太经饿，肚子常饿得咕咕直叫。为节省时间，午饭不回去吃，田埂当餐厅，青草当凳子。我从黄挎包里掏出碗筷，想在沟里洗洗再盛饭，定睛一看，水下沉淀了一层厚厚的鸭粪，好是恶心。好多战友饿急了，根本未看清水下面的东西，洗洗就开始津津有味地吃起来。洗，还是不洗，我站在沟边犹豫好一会，早上仓促，碗筷未洗干净，不洗也同样难受，最后还是闭上眼睛洗了洗，顾不得这么多了，晚一会饭菜都没了，这就意味着下午要饿着肚子插秧，身体肯定吃不消。

午饭后稍休息一会，接着下田。下午，烈日当空，气温升高，插秧更是辛苦。可苦归苦，进度不能减。平时熟悉的哨声，在田里听着有些难受，总盼望迟点吹响，让腰多休息一会。

场部的广播里，每天反复播放《迟到》，插秧累得半死，根本没心思听歌。我不由将歌词改了一下：站在田埂边，浑身酸痛，还有无尽的苦恼，我的心愿，早点回家……

每天晚饭难准点，不完成当天的任务不能上岸。下午越是在最后，插秧速度越慢，忙了一天，腰痛得要断了似的，城里兵发现腿上有一两条蚂蟥，也懒得管它，头发里钻几只蚊子，也不理会，因为实在没多余的力气去驱赶，只盼望早点插完当天拔的秧。

夜幕从海上像团黑雾一样漫过来，渐渐覆盖了农场，实在看不清了，我们班这时才收工上岸，班师回营。路上，有点文采的战友笑称："早披夕阳，晚踩朝露。"队伍中马上有人怼，是"从鸡叫干到鬼叫"，顿时引来一阵大笑，赶走了不少疲惫。远处海边，渔火忽隐忽现，朦朦胧胧；近处田埂，萤火虫在庄稼上挂满灯笼，似乎有意等我们回家，为我们照亮，怕我们掉进沟里。

晚饭，农场会为我们加个菜，比如肉炒花菜、红烧海鱼、青椒炒鸭蛋……人累得不行，再好的菜也品不出啥滋味。吃完饭，大家挤在自来水管下洗净身上的泥沙，然后躺在地铺上，腰明显舒服多了，酸胀的腿也好受一些。城里兵喜欢大喊："我的娘，完了完了，腰真的断了！"好在年轻，休息一晚，第二天又满血复活。最佩服好奇心强的战友，插了一天的秧不嫌累，换上干净的衣服，摸黑到海边看夜景，听海涛声，还拣回一些五颜六色的贝壳。

天天躬腰在田里插秧，不由想起曾经在庙里见过的一首诗："手把青秧插绿田，低头便见水中天，六根清净终成道，退后原来是向前。"

少时躬耕垄上的我，立在田中，心中清净，彻底忘了农场外之事，专注于手中的农活，插秧速度明显快起来，也不觉得苦，似乎腰也不酸痛了。

经过一周多时间的连续奋战，我们提前完成师里赋予的插秧任务，全队凯旋。

人生短暂，每段经历都是一笔财富。回头看看，紫泥农场插秧之经历，一生受用。

人生经历"插秧之苦"，方能体会生活之甜。

云中谁寄锦书来

遥念常常似一阵很奇怪很温柔的微风，它总是在一些很平凡的日子里，不经意地悄然飘进心田，串起往日一段又一段的岁月，让我常忆起军旅之初写信盼信读信的日子。

部队驻扎在闽南漳州的光明山下，外出交通不便，好远才见人烟，距最近的程溪镇也有十公里。每天上午，雷打不动，训练场上备战打仗；每天下午，挑肥料搞生产。连里种菜和农村种田一样，均实行责任承包制，每人分两三畦长长的菜地，不是浇水，就是施肥，间或还要烧草木灰，到厕所挑大粪，日子有些枯燥无味。

"上马击狂胡，下马草军书。"因支持国家经济建设，部队勒紧裤带过紧日子，伙食费和津贴费极低，肚子常饿得咕咕直叫，文化生活又单调，心里老惦记伙房那根又粗又黑的烟囱早点冒烟。业余时间，就趴在床头柜上，把在军营的所见所思、对家乡亲人的想念、在部队的感受，尽情挥洒在信笺上，通过书信将情感倾注在笔端，诉说军人最朴素的相思。

欲寄彩笺兼尺素，山长水阔知何处？离家大都十七八，新兵蛋子最想家。写信寄给爸和妈，两眼早已泪哗哗。寄回照片雄赳赳，大都报喜不报忧。写信就会盼信，盼信的日子里，九曲十八弯的山道弯成好长好长，日子似乎过得好慢好慢。友人的来信，恰似一泓透亮的清泉，重回梦幻般的童年；同学的来信，似一缕和风，牵引着我又重回往日菁菁的校园，激发起我滔滔不绝地诉说着别离后对人生的种种感受；恋人的来信，有如山腰的那轮朝霞，温暖着我们军旅每一个孤寂冰冷的日子，也温暖着这山褶子里每条沟沟壑壑。

连里的通信员杨明难得清静一会，因为一天到晚都有人缠着他，打听是否有自己的信，有人还会给他递支烟，有人探家会给他捎点土特产，拍拍他"马屁"，生怕这小子故意截留信件捉弄人。

清风明月苦相思，游子从戎把信盼。山路上的邮车如同牛车一般慢，一路翻山越岭，到达团里已是午饭时分。就像·木心的《那时慢》里所说的，"从前的日色变得慢／车，马，邮件都慢／一生只够爱一个人"。

等信件从团收发室分到营里，往往是午饭后了。

杨明饭后第一件事就是到营部，取走当天连队的报纸和信件，一路上总有心急的战友跟着他，询问是否有自己的信件。杨明这时还会故意捂紧他胸前这只破帆布袋子，眯着小眼睛，神秘地告诉对方："好像是有你一封。"弄得人家只得跟着他到连部，结果翻了半天也没找到，只好悻悻地离开了。

午饭后的连部人头攒动，都是来打听自己的信件的。收到信的战友总是满脸笑容欢呼雀跃地来到操场上的桉树下，惬意甜美地品着信中的内容。失望者几乎清一色满脸沮丧来到排房后面的石凳上，抽着劣质的香烟吞云吐雾，熏出了草丛里的臭虫，熏跑了地洞里的老鼠。

记忆中，收到南来北往的信里，都鼓胀许多的惊讶、欢喜，甚至还有失望与牵挂——不管怎样，足够一天的心潮起伏了。这种感受，充满"望穿秋水""目尽飞雁"的诗意。对于书信的期盼，只有当兵的人才会有更深切的体会。盼信——读信——复信，这循环往复、经年不衰的美妙激情，正是人生之精华。

三班上海籍的施平收信创全连之最，家里的、友人的、恋人的如雪片般飘然而至，塞满了整个床头柜。他正与一个姓桂的小学老师热恋，女方是他的邻居，从小学到高中又是同学，真正的青梅竹马，大家都见过这个老师的照片，明眸皓齿，乌黑的辫子，甜甜的笑容，令人羡慕，也让人嫉妒。

信件最少的是五班的瘦高个蒋二冬，他是个孤儿，除下连时人武部给他来过一封短信外，未见其他什么人给他来过信。当战友们训练归回或饭后跑向连部时，他总是默默地走开，搬个小马扎坐在门口的芒果树下，静静眺望远方，或许他是在思念远在天国的双亲，或许他在想念家乡养育他长大的乡亲，或许他什么都不想。

每次连长方炳海见他这个样子，便赶忙放下手头的工作，搬个马扎靠上去，陪他拉拉家常，有时还会讲点自己在前线的故事。连长在连队骨干会上，要求大家都与蒋二冬结对子，多给他一些温暖和帮助。

指导员"泡"过中文系，喜欢和兵们一样写信盼信。他间或在课堂上给我们传授他多年积累的写信技巧，诸如琼瑶式的缠绵、三毛式的细腻、鲁迅式的干练，让我们这群新兵蛋子听得一愣一愣的。听连部文书略透他的秘闻，他那眉黛含春白如凝脂闭月羞花的女朋友，就是他那一封封妙笔生花的信拴住的。连里的兵们不由得对他肃然起敬，自然他也成了我们写信的顾问。

书信实在是有不可替代的品质。家书里的烟火味道，被那些或激昂或温和的声音娓娓道来，那些隔着重重岁月的家国人事，在你面前平铺开来，清晰有力，真实可亲。在反复的阅读中，又可生发出无穷的想象。那信纸的质地，那熟悉的字迹，那字句的删改涂抹，都令人亲切感动，遐思绵绵。甚至偶然可见信纸上轻微的汗渍，弄湿的泪痕。于是写信人的气息、心境、情感扑面而来。这时，可充分印证书信最能贴近情感、事件的本原，因而具有非同寻常的认识价值。有关"我们从哪里来"这样永恒苍凉的生命叩问，也许能从书信中获得最温暖的回应。书信既是个人的经验史，又是宽广悠远的血亲网。书信还是艺术的，为将情感表达得强烈或含蓄，为将事件叙述得准确且生动，为将理性阐述得缜密与通透，等等，必得尽其所能选择最美的语言、最美的书写。

《见字如面》是央视一档以明星读信为主要形式的阅读节目。旨在用书信打开历史节点，带领观众走进那些依然鲜活的时代场景、人生故事，去触碰那些依然可感的人物情状和社会风物，重新领会中国人的精神情怀与生活智慧。

云山万重隔，音信千里绝。记得那时父亲每月会给我写封信，信封是黄色的，拆开信封一股浓浓的墨香就会扑鼻而来，还有家中的果园香、田园的稻谷香、厨房里的菜肴香……他常用毛笔写信，首行一成不变的是："儿子，见字如面，全家都好！"每每读完这句，情感的闸门轰然打开，身心顿感特别的温暖，一种亲情宛如巨浪撞击心扉，思绪也风驰电掣地回到千里之外的故乡，飞到了老屋门口……这种异样的感受，连队许多战友都有。

《见字如面》节目用书信做引子，不哗众取宠，不盲随潮流，以诵读书信的声音，带领我们重回到那些历史的片段，时间可以阻隔一切，但阻隔不了我们对情、对爱，对直抵人心的美的追求。

为方便义务兵寄信又省钱，1984 年国家专门为部队发行"三角邮戳"，士兵寄信不用贴邮票，只要这个银色的三角戳"咔嚓"一下，就可以飞鸿传万里，家书达彼岸。

回顾军旅来信，其实芸芸众生，孤旅在外，寂寞的心灵总是企盼释放思想，交流感悟。写信盼信的日子，便是流浪中的一道风景。写信盼信的日子，是心间溢得太满，喧嚣成一条狂奔腾跃的河流，撞击着每根神经，于是想变成小溪，悄悄地流向大山的怀抱，渴望山高水长。写信盼信的日子里，我们都在路上，在流浪。上路的时候，我们都相信未来属于我们，我们属于青春。年轻仅此一次，无论你在天底下哪块云下流浪，思念的风缓缓翻动着，是无情的日历。

"云中谁寄锦书来，雁字回时，月满西楼。"如今，写信早成了历史，即使远距千里万里，一个电话或发个微信，眨眼间就可与友人恋人同学交流，还可用视频，既能见到人，也可任意对话。

人们已经很难想象为一封信等上好几天的日子了，邮政开始渐渐淡出。发达的通信工具让人交流越来越方便，越来越没了距离感，但人的情感却越来越粗糙，越来越简单，越来越浮躁，甚至越来越冷漠。其实喧嚣的时代，快节奏的城市生活，因忙于生计无暇思考，但内心对情感的需要，对归宿的渴望，却是亘古不变。

我常怀念过去写信盼信读信的岁月。

倒桥的记忆

　　那年秋天，我与倒桥邂逅在一个月色朦胧的凌晨，地点在师部大院。事先没有一点准备，也无人提示。

　　上世纪50年代末，我团隶属的某师奉命挥戈南下，进驻闽南漳州。上级下令，全师在漳州以南靠近漳浦县境内选择驻地。

　　命令如山，闻令而动，军旗猎猎，战马嘶鸣，日夜兼程，部队抵达程溪镇一带后，迅速分配所属部队区域，寻找驻防地点。

　　师领导来到师部现在所在的位置时，发现此处地势不错，后有锦山拱卫，易守难攻，进退方便，一条小河从山中逶迤而出，离村庄距离合适，距漳州市区不远，当场拍板，师部就在此驻扎。

　　地址圈定，地标取何名呢？时任师长随手指着一座倒了的小桥说，就叫"倒桥"吧。解放军无惧一切，就是要让倒了的东西立起来，有了新的生命和希望。后来，部队还特意在桥边竖了块标牌——倒桥。师部营区从此以倒桥相称。

战将就是战将，取名随意，没有忌讳，更不迷信。

也有说师部驻地有个自然村叫倒桥，名字由此而来。

究竟出自哪种说法，今天无法考证。不过因战功卓著的英雄部队进驻，程溪镇因此成了全国驻军最多的镇。

那年我从赣西重镇萍乡出发，乘坐两天两夜的火车，才到达终点站漳州。然后，在夜色中登上带绿色篷布的解放牌大卡车，向着乡村驰骋。卡车抵达师部时，我实在太困了，迷迷糊糊跳下车，一问才知，是师直属队挑兵。前面军部在火车站站台上已挑过一次兵了，我没选上。

夜幕下，尽管我当时极度困乏，但还是希望自己早点被选中，尽快有个地方睡觉。个儿不高的我站在队伍的末尾，还是没人相中，甚是失望。黑暗中在师部院子里排队站一会，连门朝哪儿开都不知。接着，我和未选中的战友又爬上车厢，继续向山里疾驰。

迷迷糊糊随卡车进了一座山里，后来才知叫光明山，这是终点，全员下车，在团操场排队集合，同样是先让团直属队挑兵，没挑中的，就分在三个步兵营。我有幸被团直属炮营82无后坐力炮连的八班长相中，开启了金戈铁马的军旅人生。我曾梦想当一名神炮手，像电影《高山下的花环》中"小北京"一样，扛着82无炮驰骋疆场。

谁知阴差阳错，新兵连结束后，我被选派到师里司机训练大队学驾驶。当年师里司训队与程溪小学毗邻，出门右拐几分钟就到了师部，左拐便是程溪镇，这是我们常去的"大都市"。

车轮滚滚，喇叭声声，我在司训队忙了整半年，领到驾驶证后，又回到光明山下。其间，上师部的机会甚少，每天都在车上车下捣鼓，弄得浑身是"机油味"。即使开车路过师部门口，也无暇进去，只能打量几眼师部高大威严的大门和值勤的卫兵。

重回光明山下，我渐渐与师部打交道多了起来。每周，我都要开车拉着营里各连的给养员或帮厨的战友，去师部旁边的粮站运粮食。那时师部东大门是条窄小的沙子路，可直通漳州，连着其他几个团。后来此路成了207省道，经历了多次拓宽和改造，从简单的沙子路，变成了现在又宽又平的水泥硬化路面。听说在路面拓宽施工中，靠近粮站路边那块"倒桥"的牌子倒下后，从此就不见了，现在更是看不到一丝痕迹。

这块牌子，或许实在是太普通太不起眼了，正如一茬茬驻防此地的兵，平凡，朴实，轻轻地来，悄悄地走，不会留下什么痕迹。不过我们这些老兵觉得，时空无论怎样变化，倒桥的牌子永远矗立在我们的记忆深处，和师这块英雄的品牌一样，在历史的长河里熠熠生辉，永放光芒！

记得靠近粮站就是师部的后门，右边可通师通信营，同年战友李日香就分在营修理所工作，我曾去所里看过他。旁边还有个军械修理所，也曾有个姐夫的同学杨竹生在里面当技师，有过一段时间的交集，也得到过他的关心和照顾。

有时拉粮食需要排长队，我趁机从师部后门进去看看。师部院子宽大，高大挺拔的古树，神秘森严的办公楼，笔直整齐的道路，让我有点像刘姥姥进大观园。看着在师部当兵的战友的工作环境，好是羡慕，幻想着自己要是在此工作，该有多好啊！

师里有一批上世纪70年代的萍乡老乡，有两个当上了科长，一个在管理科，另一个在机要科。那时当兵三年没特殊情况，是不能请假回家的。春节，举家团圆，父母甚是想念我，就托师部管理科吴科长给我带点家乡特产，有喷香的腊肉，可口的馃子，还有红红的辣酱。那时坐的是绿皮火车，速度又慢，站站要停，科长自己也要带东西，肯定多有不便。记得一次，吴科长回来后，电话打到连里已是晚饭后。连长获知后，特意给我批了假。出了团里的大门，翻过果林队的山坳，贴着一营门口的山脚，跨过一条清亮逶迤的小河，前面就是师教导队和师医院。过了服务社，就看见师部的大门了。

敲开吴科长家的门，他正在缝补军裤，令我十分诧异。不过那个年代，人人都要学会针线活，因为部队上下都过紧日子，吃穿都紧巴巴，我们过冬只有一套冬装。

从科长家提着家中带来的特产回到团里，已月上中天，那块散发出浓浓香味的腊肉，让许多战友兴奋得睡不着……

开车去师部办事，我最喜欢去的地方就是师部门口的商业中心，这里比团部门口的服务社热闹多了。那个年代物资奇缺，买凤凰烟或大重九的烟都要凭票。这里有时运气好，可买到紧俏物资。还有，师里为自给自足，家属厂办得好，既生产米酒、酱油，也生产葡萄糖。记得葡萄糖注册的商标就是"锦山"，在当地非常有名。因当时囊中羞涩，从未买过葡萄糖回家。

　　我经历了两次大阅兵，先在光明山下分练，然后再到师部门口的大操场上合练。那些日子，操场上口号震天响，气吞万里如虎。军师首长站在检阅台上，庄严地检阅了我们，对我们过硬作风和军事素质给予了高度的评价。当兵没有经历过阅兵，总会觉得少点什么，那种自豪，那种英武，那种苦累，终生难忘。

　　后来我没调进师里工作，成了一生的遗憾。

　　走出光明山后，我先是在后勤分部工作，后来调进了军区政治部报社，一直在南京，很少回来。有次去师里出差，在师招待所住了一晚，清早特意在营区里转转，师部发生了翻天覆地的变化，东大门重新翻建过，高大气派，找不到过去一丝影子。师部后面更是令我眼花缭乱，也找不到曾经认识的路。记得师部后面有条小路可到程溪镇，找了许久，都无功而返。

　　如今，师里的番号在军改中永远隐没在了历史的长河里。

　　变是必然的，也是无法阻挡的。只是有的东西是不能变的，比如倒桥。

现在恐怕许多的兵都不知这个地名了。据说是上世纪90年代中期，因有人认为倒桥名字不好听，师部地名因而更名为锦山。锦山，前程似锦，风景无限，人才辈出，寓意也不错。

不过我还是喜欢倒桥这个名字。看看战争年代，涌现出了这么多的英雄部队，出了这么多的战将，部队常年南征北战，不要说驻地的名字，连个固定的住所都没有。

记得那年我在新兵连拉练，深夜开进平和县深山里的一个小村庄，别的连队都找到合适的住处，我们班却分在庙里，而我就睡在菩萨的脚下。清早起来，我见到看庙的老人，连连道歉，说昨晚多有叨扰，尤其惊动了菩萨，请多多谅解。守庙人说："解放军一心为民，救苦救难，舍生忘死，本身就是活菩萨，庙里的菩萨是不会怪罪你们的，还会保佑你们平安。"

现在，我品，再细品，看庙人的话有内涵，见高度，一生难忘。

"倒桥"，一座小桥倒了，成了一个不显眼的地名。自从一支英雄部队驻扎在此，新之桥早已重新立了起来，横跨在河上，飞架在波涛汹涌的江上，连通在军民的心坎上，连通着和平正义，岂不更有意义？

将来这桥的终极目标是，连通大海，直达宝岛，河山统一！

仰望坂头

1984 年秋天，我入伍来到闽南漳州，团里驻扎在高大陡峭的光明山下。听老兵说，师部驻扎在倒桥，而军部雄踞厦门的坂头。坂头这个地名从此令我心驰神往，总想早点去看看。

那时只要团里有我认识的干部去厦门军部出差，返回后我总会缠着他问个不休，比如大门高不高，院子大不大，地点在城市还是乡村，见到军首长没，军部的饭菜香不香……当时军财务处有个干部老乡来团里检查工作，见过一面，煞是羡慕。

当兵第三年，我参加军校考试，考场设在驻坂头的通信团。

临走前，连长方炳海高兴地对我说，这下你终于有机会去军部看看了。从表情上看，好似他比我还高兴。其实他也只去过一次军部。

是啊，服役快满三年了，如果不趁此机会去军部看看，说不定年底就要退伍回家，那将留下永久的遗憾。

到通信团后发现，团里与军部仅一墙之隔，令我甚是兴奋。趁考试的间隙，我特意抽出时间，由一个战士带我来到军部。

从山下进门，开始爬坡，自然有仰望之感觉，心情也有些激动，仿佛基层群众在北京进中南海的感觉。后来我在军区机关工作，有战友参观大院后，也是这种感觉。

军部机关大楼气势磅礴地立在山腰的树林里，宛如一把亮光闪闪之利剑，俯瞰东南，洞察风云，傲视台海，令敌胆寒；周围层层叠叠，分布许多直属部队，比师机关大多了。院子里鸟儿唧啾，树木青翠欲滴，空气里弥漫着水果香味，令人心旷神怡；路旁高耸的白桦树直刺苍穹，酷似一个个挺拔的士兵，肃立不语。草地上有许多我叫不出名字的花朵，装点着偌大院子，打扮着迷人夏季，愉悦我的心情。

回到连里，方连长问我看军部的感受，我说仰头上山，步步登高，大开眼界；出来低头下山，满是收获，脚步生风。连长听后估计云里雾里，但未表现出来，只是笑笑。我想他是怕在战士面前显得自己孤陋寡闻，干脆故作高深，不显山水。

当年8月，连队门口的芒果树上喜鹊飞来报喜——我考上南京一所学校，从此离开了光明山，告别了闽南。

毕业后，多年没机会回老部队，先是留在了江北的老山，后来到了紫金山下。不过平时工作中，只要有人提起光明山、师部倒桥或军部坂头，心情非常激动，因为那里是我军旅芳华初绽的地方，见证我成长的每一个脚印，更是我军旅人生的出发阵地。

调进军区机关工作后，我回闽南老部队的机会多了。尽管多次去坂头军部办事，但每次任务紧凑，总是挤不出时间好好看看，匆匆进山，匆匆下山，真的不识坂头真面目。印象深的一次是随精武标兵何祥美到军部礼堂演讲，我负责跟踪报道，本想在军部住上一晚，谁知演讲完就下山了，住在厦门市政府安排的住处，又错过一次机会。

2018年初夏，我去鹭岛办事，在坂头工作的战友特意邀请我去军部看看，过去我们同在军区机关工作，他在司令部作战部，我在政治部报社。军改后，他又回到了军部工作。

战友给我发了个导航的位置，是军部的后门，靠近大水库边，原来水库名字就叫坂头，建于1970年。

我见战友还未下山来接我，顺便就将车子向山里开。路的左边是碧波荡漾的水库，右边是曾经仰望的军部，前面是连绵起伏的群山，地势险要，风景如画。真佩服当年军部选址决策者独到的眼光。

不一会，战友在门口接上我，汽车开始上山。还是当年那种感觉，仰视而上。大抵有八年未进这个院子了，山上山下，机关味淡，打仗味浓，演习区域难见杂草，越野场、射击场正在拓宽维护，山顶正在兴建直升机坪。变了，真的变了。

山腰，两棵大榕树矗立在路旁的池塘边，那一根根生命力旺盛的气根，伸向空中，扎下泥土，尽情吸足养分，成了镇院之宝。当年，我在其中的一棵榕树下歇息过。今天，榕树或许早把我忘了，因为院子里进进出出的官兵实在太多了。

礼堂旁边露天电影院的机房、台阶依然保存完好，和我所在的团一模一样，纯石头依山砌成。听战友介绍，现在影院每周还坚持放电影，官兵家属甚是喜欢。有的传统的东西不能丢，丢了就找不回来了，比如影前的喊口号、站队和拉歌，检验的是部队的作风和士气，还可激发官兵的集体荣誉感。

在山顶走了一圈，往回走时，发现低洼处有一泓清亮的山泉，泉水汩汩向外流出。我用手捧点泉水尝尝，清洌可口，还带一丝甜味，一般的矿泉水都没此味道。军部进驻此地不久，官兵训练之余偶见此泉，泉水四季常清，甘洌清澈，解渴祛乏，备受喜爱，将水直通坡底，供整个军营享用。部队大院有清泉流淌，实属少见，为院子增添了灵气。山不在高，有仙则灵；院不在大，有泉水流出乃宝地也。

仰头上山，步步登高；低头下山，感慨万千。

回望山上，那把"利剑"依然散发出夺目的光芒，只要一声令下，利剑出鞘，剑锋所指，所向披靡！

老兵想连队

　　春风做伴，从家乡沿当年入伍的方向入闽，去看战友。思绪像万马奔腾，在记忆深处纵横驰骋，久久难以收住缰绳。

　　记得当年入伍离开家乡的头天晚上，入住的是市中心的萍乡饭店。如今饭店早无踪影，全被市井喧嚣所覆盖，当年走时的痕迹无法找寻，存满我稚气的房间，也早已一起消失不见了。

　　依稀记得，第二天清晨，全市新兵集结在萍乡火车站，登上一列长长的绿皮车，酷似满载一车绿色的希望。初出远门的我趴在窗口，向外张望，全是一张张陌生的面孔。家里在乡下，那时交通不便，家里没人赶来为我送行，瞬间站台全是陌生，失落，还有迷茫。

　　今天鸟枪换炮，坐的是高铁。G2371次高铁从萍乡北站出发，风驰电掣飞过宜春，到达南昌西，没进鹰潭站，走过去熟悉的鹰厦线，而是折进江西吉安的峡江，向南疾驰，在赣南老区腹地挺进。抵吉安，闪万年，向前，向前！

家乡倒春寒，细雨绵绵，阻滞了花儿的脚步。高铁越往南奔，春的气息越浓，窗外田野里的油菜绽放出了黄灿灿的笑容，山岭树木复苏，郁郁葱葱，满眼皆是春意。赣县北，于都，会昌北，瑞金。转瞬间，列车拐进了当年闽西革命根据地，长汀南，冠豸山南，这些地方我过去多次来采访考察，对当地红色历史十分熟悉。

闪过龙岩，前面便是漳州，这个名字早已刻在我记忆深处。漳州程溪有座光明山，我的团就藏在山脚下。当年我乘坐绿皮列车，最后坐汽车抵达这座山下，迈出了军旅人生的第一步。

光明山，陡峭挺拔，冷酷无言，颇像一列列站立的士兵，风来不动，雨来不惊，头顶寂寞冷月，肩扛祖国重任，脚踩台海风云，天天苦练武艺，只等一声令下，踏浪蹈海把敌杀。

近山情更浓，特意上站台走走，打量漳州站的站牌，有点想下车的冲动。每次进山看我的团，面对年轻的团领导和朝气蓬勃的士兵，既高兴又失落，高兴的是团里补充进了一茬又一茬新生力量，宛如新成长起来的高大挺拔的桉树，立在营区里，奔跑在演习场上，这是团里发展的需要，完成使命之需要；失落的是自己越发苍老了，颇像光明山下的一棵籍籍无名的小草，旺盛的生命十分的短暂，似乎眨眼间就开始凋零，站在年轻的队伍里，无法跟上曾经的节奏了。

似乎一阵风，一阵强劲之风，光明山下我所在的团隐没进了历史的深处。三年前，我去团里看过，光明山依旧在，营区依旧在，但物是人非，当年的老营房不见了，取代的是一幢幢新楼房。团部依旧在，却成了招待所，旁边的曾经热闹令人羡慕的小车班，房间里空空荡荡，门口长满了杂草，唯有排房前面这棵大树，依然巍然挺拔，守护着营区一草一木。

万幸的是与连队毗邻的农场还在，营房没多大的变化，门口一排排桉树还在。我抱着一棵桉树，久久不想放开，像是抱住一个久未谋面的战友，有说不完的话，诉不完的情。农场曾有个叫刘细昌的同乡战友，在伙房当班长，我常来这里找他聊天。为迎接军校考试，我和战友李德虑就在农场复习两周，是细昌天天给我们送饭送水，至今难忘。桉树似乎也认出了我这个82无后坐力炮连的老兵，树枝不停地摇曳，好似是在欢迎我；树叶哗哗作响，像是在和我对话，问我离开团里忙什么，为何这么久才来看他……

抵达鹭岛厦门后，几个从家乡同一列火车入闽的战友聚在一起，谈起光明山，感受颇多，岁月如流水，慨叹时间过得真快。

一日上午，战友们谈起光明山，又一次涌动想去团里看看的念头。想想团里又一起转隶，没一个熟悉的战友，去了也没什么意义，最终还是打消了念头。老兵想连队，不需要任何理由。老兵想连队，不一定要去连队，毕竟连队战友都很忙。

在鹭岛的日子里，我不太喜欢去热闹的地方，而是喜欢去僻静的地方，回忆沉思，不想被人打扰。闽南这个地方，令我心驰神往，魂牵梦萦，因为这里是我军旅芳华初绽之地，是我军旅的起点，给我留下无数刻骨铭心的东西。

登上鹭岛高处，瞻峻朗崇山，睹都市繁华，浴习习微风，赏袅袅祥云，不由忆起初入闽南军营时的情景，是那么的青涩，是那么的青春，是那么的朝气，是那么的勇敢，仿佛扛起一门 82 无后坐力炮，浑身爆发出无穷的力量，在山野的丛林里奔跑冲锋……

光明山，进山一片光明，出山光明一片。光明山，是一盏永不熄灭的灯，是一把永不生锈的军号，无时不刻不在吹冲锋号！

来到八闽大地，每棵树，每株草，每个地名，让我触景生情，惹我浮想联翩。

老部队是心中最柔软的地方

初夏时节，出席老部队某师战友聚会。两鬓染霜的老领导和我谈起师里军改后的情况，回忆过去的荣光，唏嘘不已。我所在团的番号，同样写进了历史，走进了记忆深处。

番号，不仅仅是一个简简单单的数字，它见证部队浴血荣光的历程，承载着无数军人成长进步的梦想，没有哪支部队、哪个军人不视番号为生命。很多战友当场表态，一定要抓紧时间回去看看，以后更会找不到老部队的一丝感觉了。是啊，对当过兵的人来说，老部队永远是心中最柔软的地方，是一辈子最自豪最珍贵的回忆。

一个梦想献身国防，一身军装生命飞扬；一个军礼庄严激荡，一段情谊终生不忘!

十八岁，我穿上军装，来到闽南漳州光明山下的一个步兵团。红红的脸庞，绿色的军衣，在直线加方块的营区，我神圣地叫响了第一声"到"，惊飞了桉树上的鸟；在山下，我上体正直微向前倾，庄严地踢出了人生第一个正步；在山下，我头戴红五星，红旗两边挂，走到哪都像小老虎一样嗷嗷叫；在山下，我凝神静气握住枪，打中了第一个十环；在山下，我认识了五湖四海的战友，聆听了四面八方的故事；在山下，我被深深地打上兵的烙印，从此就像人的胎记，伴随终生；在山下，我慷慨无私地献出了人生最美好的青春。

铁打的营盘流水的兵。秋叶黄，驼铃响，一茬茬老兵恋恋不舍地告别军旗，脱下军装，离开了光明山，又一茬茬朝气蓬勃的新兵来到山下，续写新的军旅生涯。

聚是一团火，散是满天星。"几回回心儿总是把你追，几回回出发总是和你心相随，日思钢枪，夜梦军徽，心窝窝总想着你呀我的老部队……"老兵们回到地方后，无时无刻不在想念"老部队"，回忆曾经在山下的每个日子，想念曾经住过的老营房，想念朝夕相处的战友，想念连队的大排房，想念那喷香的大锅饭，还有连队门口那一排高大的树……

三年后，我因上学离开了光明山，来到了六朝古都南京。每次出差到福建，我都想去老部队看看，直到十年后才成行。

"那支老军号是否还在吹？连队的连长现在他是谁？炊事班的大锅饭今天是啥滋味？打呼噜的新战友们睡得美不美？咱的指导员是否还挺累？探家的老兵何时把营归？中秋节月儿圆有多少笑声飞？年三十的风雪夜是谁上哨位？"

一路上如歌中唱的一样，我的思绪不断翻腾。告别倒桥，过了程溪，眼前就是我日思夜想的那座山——光明山。进山一片光明，出山光明一片。伫立在这座存录我青春影像的山下，团里发生了翻天覆地的变化，炮营过去的石头平房全被拆掉，取而代之的是一幢幢设施齐全的四层新楼房。我只能在老连队的原址上，仔细寻找新兵时的青涩记忆。坐在营区桉树下的石凳上，沉默许久，曾经在此度过的三年军旅岁月，如电影中慢镜头一样在脑海里闪现……

　　老部队的情结，日久更浓，当过兵的人都是这样。只要老部队在，即使不能回去看看，偶尔从媒体上瞅见老部队的旗帜，也会兴奋不已；在抗震救灾、抗洪抢险中，有时还能看到老战友的身影，然后激动地告诉家人："看，我的老部队上去了！"

　　后来出差到漳州，特意再来老部队看看，光明山下又有了新变化，通信连最后一幢石头平房不见了，我们82无后坐力炮连的饭堂也推平了。倒是团部机关还是老样子，石头砌的电影院仍保留完好，让我找到一些感觉，在这两个地方逗留甚久。倚在影院围墙上往西眺望，转瞬间就瞧见一辆绿色军车奔驰而来，车厢里跳下一个身着肥大军装的战士——这不是初入军营的我吗？

　　随着军改靴子落地，许多老部队被撤销合并，永远在军中序列里消失。我所在的师团，还有母校、分部，甚至号角嘹亮的报社，也一并隐没在了历史的长河里，深刻在了记忆中。

近日，有人在朋友圈里发了《忘不了那个大院》的回忆文章，再次拨动了记忆深处那根弦，很多战友情不自禁地转发，怀念曾经在军区大院里工作的岁月。军人就是"不一样"，因为拥有"不一样"的老部队情结啊！

"挥手自兹去，萧萧班马鸣。"对老部队的怀念，其实是人之常情，更是对部队和国防事业的支持和关注。人只有对能影响自己一生的经历才会难忘。

在此次战友会上，几位上世纪70年代入伍的老领导，每次聚会只要谈起我们师的情况，谈起倒桥的过去，立马眼睛放光，师部有几条大路和小路，哪几幢房子是什么单位，哪个门前有几棵什么大树，哪次重大演习受到军区表彰，等等，依然记得清清楚楚，甚至哪个领导或战友曾给他说过一句印象深的话都还记得。

这就是老兵们对老部队的情结，对老部队深厚的感情！

勇敢在左，忠诚在右，牢记使命，随时听令，随时冲锋，将身后的大地，种满和平与希望，使生活在都市和乡村的人们，远离战争，不再有噩梦，有歌可唱，天天与安宁相伴……这些都融入了老兵的灵魂血脉，直到带进坟墓也不会忘却。

"庶几夙夜，以永终誉。"值得欣慰的是，尽管老部队没有了，但人民军队还在，军队的性质、宗旨和任务没有变，还是人民的子弟兵，是捍卫祖国的坚强柱石。改革后的每个部队，每个营区，都是我们共同的老部队。我们要坚信，只要人民的军队还在，老部队就将永远在，军旗永远在祖国的大地上飘扬！

我们欣慰地看到，军队正在改革大潮中脱胎换骨，浴火重生，向着能打仗、打胜仗的目标和方向接近，再接近……一个新型的人民军队正展现在世人的面前，坚信一旦国家需要，军队一定能履行自己神圣的职责。西方列强在东方架起几门大炮就能征服一个国家的历史，一去不复返了！

"情暖似火，血浓于水，想起战友，眼中就含着泪，老部队任凭它岁月摧，你是我生命中高耸的里程碑，真想你呀，老部队！"

如今，尽管好多人的老部队不在了，可我坚信，只要善待军人，善待老兵，永远不要磨灭他们曾经的付出和奉献，让尊崇军人成为时尚，军人的荣光就必将永存，每座军营都能追忆自己的青春！

绿挎包的记忆

周末清理衣物，意外地翻出只绿色挎包，如获珍宝，因为它和我的军龄相同，至今已有三十多年的历史了，瞬间勾起了无限的回忆，更打开了情感的闸门……

"红军不怕远征难，背包远走只等闲。挎包洗得绿发白，英姿飒爽把头带。世上挎包上千万，当年此包最鲜艳。"这种绿挎包也曾称黄书包，诞生和流行于上世纪60年代中期至70年代中期，长达十几二十年，这几句打油诗描绘最形象。

绿挎包是那个特殊年代激情与苦涩并存的见证，那时的年轻人格外青睐大揭盖帆布挎包，若能通过关系搞到部队内衬盖有专用红色条章的正品挎包，有如当年拥有一辆凤凰、永久牌自行车。

那时军用制式挎包大多印有"提高警惕，保卫祖国""备战备荒为人民""向雷锋同志学习"等字样；而民用仿品大多印有"红军不怕远征难""为人民服务""工业学大庆"等标语口号，其字体均是清一色的"毛体"。当年无须宣传教育或出台规定，举国上下崇尚军人，处处向解放军学习，对"军装绿"有一种特别的情感，军人的地位令人仰视，是真正的全社会最尊崇的职业。

早先只有那些军人或干部家庭的子弟才使用军用挎包，挎上它飒爽英姿，威风凛凛，意气风发，这在当年物资极度贫乏、商品单调时期，无不透着一股豪气，用句现在时髦词形容，那叫"帅呆了，酷毙了"，更为那个灰黑色为主色的岁月，平添了一道亮丽的色彩。

后来，社会上的青年追风模仿，大街上四处晃着背军绿挎包的。当然，相当一部分是家属工厂生产的冒牌货，与正品的质量、做工和款式相差甚远。至今，有些服饰店中仍能看到它的身影，军用绿挎包成了个别另类青年的新宠。

记忆中，当年学校同样流行背军挎包，家里有当兵的人才能拥有。每当同学昂头走进教室，骄傲地从军挎包里掏出课本和文具盒时，让人馋得眼珠子都快要掉出来了。我也曾想拥有个军挎包，在同学面前"帅"一把，可家中条件受限，直到上中学时父亲才给我买了只仿品，一直背着至毕业。这种绿挎包质量极差，稍洗两回就泛白，面料也粗糙，与正宗军品无法相比。

打量手中这只正品无言的军绿色挎包，虽经几十年时光的冲刷，除两条帆布带顶头的铁片和扣槽铁片生锈外，颜色依然碧绿如初，大抵是我过去精心爱护的结果吧。

清晰记得，这只挎包是三十三年前的秋天，武装部发服装时一并送到我家的。在一堆散发出樟脑丸气味的绿色服装中，我首先看中的是这只正品的军挎包，急不可耐地挎在了肩上，在家中正屋的大厅里，兴奋地来回走了好几个来回，许久才取下来。

儿行千里母担忧。母亲见我如此喜欢这包，又怕我到部队和别人的混在一起认不出来，就用红线在上面缝了个"三"字。因我在家兄弟中排行老三，或许她用意是这个。到部队才真正体会，其实母亲的用意远不止这层意思，她这三道红线啊，一头是连着自己的儿子，一头是连着故乡，连着小山村，连着日夜想儿的娘，无论走多远，飞哪去了，看见这字就会记起娘，记得回家，记得生我养我的小山村。

白霜如雪，红花耀眼，锣鼓喧天。我背着娘缝上"三"字的绿挎包，踩着山村满地的红叶，一步三回头挥别家人，从小山村出发，来到了闽南漳州光明山下的军营，从此它陪伴我在异乡成长的每个日子。

连队四处是直线加方块，物品一律要整齐摆放，连牙膏的牌子都要统一，朝向也要相同，挎包挂在墙上成一直线，里面存放的物品也有规定，多余的东西都要拿出来，平时包里多存放雨衣、背包带、针线包和帽子等物品。

轻轻打开这只从山村带出来的绿挎包，翻盖后面娘用红线缝的"三"字还在，只是线有些松动了，包正面上方的边沿处还有个我的名字，同样是用红线缝的，这是班长李驰给我缝的。当时全连的战友都是同样的包，有时搞活动堆在一起经常相互拿错，连队要求大家缝上自己的名字，可我在家从未做过针线活，生怕弄不好影响美观，不由有些犯难。李班长得知后就对我说："小李，不要着急，有空我来帮你缝。"

星期天早饭后，班长提个小马扎，带着我坐在连队门口的芒果树下，开始给我缝名字。班长是江西铅山人，身材魁梧，一双大手投弹打枪玩单双杠抡大锹样样出色，可我发现他做针线活却不在行，捏着这根小小的针，怎么也使不上劲，线穿了许多次才穿好。缝字时针不时扎到他的手指，他叫一声后，迅疾将手放嘴边吹一吹，笑一笑后又继续缝。就这样一针一线，一叫一笑，足足忙乎了一个多小时，总算把我的名字缝好了。如今抚摸着这鲜红的名字，不由想起亲如兄弟的大个子班长，想起了新兵时火热燃烧的岁月，那些战友深情的日子，宛如醇酿，愈久愈香，终生难忘。

军人的挎包有多种作用，可称万能包。听老兵讲，要是在战时，挎包里还要装零散子弹、炸药、战备食品、备用药品，以及防毒面具。学习时是书包。至今包的前后都有多处蓝墨水浸染的痕迹，显然这是蓝色钢笔装在里面漏水所致。当时连队政治学习和文化辅导较多，这些活动都要求统一背上挎包，里面装着钢笔和本子，为的是记录方便；有时开会，连队也要求背上包，让大家带上笔记本记要点。那个年代的钢笔质量一般，有时尽管钢笔帽旋紧了，还是会漏墨水。我业余时间多用于看书写作学习，天天用包装书和学习用品，有时星期天还要到驻地程溪中学请老师辅导，可说是与包天天形影不离。

外出时是购物包。那时没有双休日，星期天外出就会背上绿挎包，部队要求右肩左斜挎，两人成一排，三人要成一列，不符合这要求，路上碰见纠察会及时纠正。部队驻扎在光明山下，从我所在的炮营出发，走过一段长长的沙子路，两旁是绿油油的菜地和茂密的甘蔗林。仅七八分钟，就来到团部门口的军人服务社。服务社有一排平房，临近公路边，里面还有个小院子，日常生活用品保障还算齐全，有条件的战友可给家里打个电话，当时我家或山村的邻居家都没有电话，难以实现这个愿望；也可进照相馆里照个相，寄给家人或女朋友；更多是采购信纸信封、牙膏、墨水和电池之类的日用品。那时六元津贴费，常常捉襟见肘，每月只能集中办一两件事。但这都不影响心情，好不容易请假出来，就是趁机散散心。我好奇地到这个店里看看，到那个馆里瞧瞧。营业员多是团机关干部家属，年龄不等，态度不一。那时全团营区是开放式的，四周没有围墙，老百姓可随时到服务社门口卖土特产。我总是喜欢凑上去与老乡们拉拉家常，问问当年的收成，家中生活，子女情况……家长里短交流一会，异乡孤独的岁月便会有了色彩，有了柴火味，整天被训练战备绷得紧紧的日子轻松许多。

拉练时是保障包。挎包后面有个磨破的地方，颜色是黄的，这是在一次拉练中留下的印记。那次拉练到邻县的山区，除正常装备外，连队多分配我背把短铁锹，是野炊用来挖灶的，我随手别在腰间。绿挎包有个缺陷，就是不好固定，跑步过程中上下左右晃动，很不舒服。拉练途中，包与铁锹不停地摩擦，长途奔袭，人困马乏，当时一点未发觉，直到拉练回来清洗时，才发现包被磨坏了，好是心疼，要知道那个年代服装每年都发两次，可包就不一样，从入伍到退伍就发一只包，要是坏了或遗失了，可就麻烦了，在基层连队想买只新包是很难办到的。

　　这只挎包还是救命包。挎包前面右下方有一条细细长长的痕迹，有些发黄变黑了，至今闻闻，似乎仍存硝烟味，清晰记得，这是在演习中留下的。那次演习开始就有不好的征兆。统一埋锅造饭时，我负责挖班里的散烟灶，平时非常熟练的活，那天反复挖了好久才挖成，后来又反复生不起火，弄得我满脸黑烟灰。等米下锅后还未熟，出发号响起了。别的班战友都吃饱饭出发了，可我们还饿着肚子。演习在即，这下体力怎么跟得上？班长好是着急，赶忙下令半生不熟的饭也用碗装点，塞进挎包里，有空就吃几口。

　　进入阵地，演习开始，枪声大作，炮声轰鸣，硝烟弥漫。我和战友卧倒在草丛中，不时有火光从头顶急驰飞过，肚子这时开始咕咕直叫。人是铁饭是钢，一顿不吃饿得慌。管不得那么多了，我赶忙将挎包移至胸前，快速抓把生饭塞进嘴里，谁知卡在喉咙里许久未咽下去。班长发现后，急忙向我示意趴低，不要再动。就在我将包移至腰间之际，似乎有东西在包上擦了一下，发出轻微的响声，当时并没注意。回到连队一看，原来是块弹片在上面划了一下，好险啊，不是包挡住，要是从身上划过，可就要受皮肉之苦了。事后，战友们都夸我这个包是"救命包"，一定要好好地珍惜爱护它。

从此，我对这只军挎包倍加爱护。考上军校后，我背着这只包从闽南出发，一路向北，来到了六朝古都南京。学校里发了只黑色制式书包，替代了绿挎包。这只先前与我形影不离的包便失宠了，只得暂时存放在贮藏室的箱子里，一年到头也很难记起它、记起这位无言的战友。

一年三百六十日，多是横戈马上行。毕业后，我分在团机关从事文字工作，整天以笔为剑，以文为伍，平时工作中多使用工作包和文件包，绿挎包根本派不上用场，只得贮存在家中的柜子里。

后来我从师机关调到了军区机关工作，即便下部队蹲点或当兵锻炼，也未要求带挎包。这只绿挎包随着我多次搬家，渐渐被我遗忘，尘封在了记忆的深处。

久久打量这只遗忘已久的绿色挎包，好似与同年战友在异乡陡然相遇，顿时兴奋又激动，里外看了好几遍，因这只包是我成长的见证，在我最初青涩懵懂的军旅中，给了我最温馨的陪伴。里面不仅装着我的军旅情怀，还装着我的人生经历，更装着我的美好记忆。

那山那团那兵

像鸟儿执着地恋旧巢一样，常常不经意会想起，冷不丁会回忆，隔段时间就想回去看看，看过之后也只能消停一段时间——这就是老兵对老部队一生的牵挂。

那座山叫光明山，挺立在闽南漳州；那个兵便是我，团直属炮营82无后坐力炮连驾驶员。进山一片光明，出山光明一片，山下那个团啊，是我一生中念念不忘的地方。

初夏的暖风将我吹到光明山下，那个魂牵梦萦的地方。我没有急着进营区，而是先去门口的果林队看看，山坡上路边的小店无影无踪，全被三四层的楼房取代。山后面一营的大门紧闭，据说已划归到另一个单位。曾经这里有条路去师部，中间有条小河。可我在山下找了许久，仍未见小路，更未见那条潺潺的小河，眼里全是陌生，真是老兵回家不识路。

团里被高大的围墙包裹着，显得森严神秘。踏进团大门，新移防这里的战友外出驻训了，营区里静悄悄，路上难见一个兵。大操场上长满了厚厚的草，过去是片平整的沙地，兵们常在此训练或考核，有时还举行阅兵。那年深夜，解放牌大卡车将我和战友卸在操场上，等待各营挑兵，八班长在人群中相中了我。我跟着班长，提着上海牌旅行袋，从这里踩着沙子路，钻进茂密的桉树林，一直踩到连队的排房前，从此我见到沙子路或是桉树，就会想起那个深夜，想起那个大操场，想起生龙活虎的连队。

操场右边曾是军人服务社、邮局、照相馆和家属工厂，如今没了半点影踪，上面建了个文化活动中心。这里曾是团里繁华的商业中心，贮存兵们太多的回忆，给家里打电话流过泪，在邮局给朋友寄过东西，拍下第一张稚嫩青涩的照片……

操场的正对面是个露天影院，全是石头砌成，简单粗犷，线条分明，刚毅冷酷，宛如山下兵们的性格。时光飞逝，今天犹如一件被时代淘汰的宝物，遗弃在山下，无人问津。推开锈迹斑斑的铁门，那暗哑的嘎啦声，似乎在揉搓着我的心。上世纪80年代初，文化生活单调，没有手机，没有网络，电视雪花飘飘，训练场上摸爬滚打一天后，看场电影是最好的精神慰藉，每晚都想来这里逗留一会。主要是进了影院，没了哨声，只有笑声；没有纪律的约束，全身心可放松下来。如今台阶上的石缝里长出了杂草，根根扎进我的心，隐隐作痛。同样是石头砌的机房和银幕，经岁月无情的剥蚀，发黑发暗，没了昔日的光泽，更难见其威武庄严，有的地方还开始裂缝。找到曾经我常坐的位置坐了下来，四周空空荡荡，没有拉歌的浪潮，也不见熟悉的战友，只有无边的失落，真想当个号手，吹响集结号，将分布在天南海北的战友紧急召回，在此重看一场电影，重拉一次歌，重叙一回旧。

穿过影院后面的小门，迎面而来的是团部。团部机关大楼还在，只是这里不再是威严的"中枢"机关了，成了勤杂人员的宿舍楼。团招待所也难见一个客人，尤其是后面的小车班，院子里杂草丛生，没了当年之生气。这里曾经是人人羡慕的地方，尤其是基层的驾驶员，更是向往，因为进了小车班天天和团首长打交道，信息广，眼界宽，进步也快。

从团部门口下到主路，向三营方向走，路的左边有个"光明山将军园"，从团里成长起来的二十八个将军全在此集合，天天相互见面，每时每刻检阅团里的兵。团里大多数将军我都熟悉，比如团里的老参谋长彭水根，还有老团长陈健。将军园有两大作用，一是预示团里人才辈出，将星闪耀，光明山下前途光明；二是激励一茬茬新兵，不想当将军的士兵不是好兵，只要在山下爱军精武，敢于超越，自己的名字就有可能出现在将军园里。

过了将军园，前面就是团里的农场，现已荒废。但场里几幢营房还在，不过田地早已撂荒，唯有池塘碧蓝如镜，引来白鹭嬉戏。

农场的正对面就是我们炮营，下面依次排列着通信连、82无后坐力炮连和100炮连。石头砌的平房早已翻建成了楼房，连队的食堂也拆除了，旁边的卫生队也没了，找不到一丁点感觉。听说三营还有幢老房子，我决计去看看，找点感觉。

三营紧邻光明山，过去战友们出来办个事多有不便。在三营营区的后面，也是光明山的脚下，果然还保存一幢完好的旧营房，纯石头砌，闲置多年了，门口四处是草，显得有些破败不堪，每间房间敞开着，或许它太孤独了，似乎天天都在等待着老兵回来看它。随便走进一间房，战友坐过的马扎倒在了地上，有个叫林鹏的学习笔记本敞开几页，上面密密麻麻记着训练体会，还有个战友连吉他都未带走，或许是故意留点念想。看护营房的战友告诉我，这幢旧营房早计划拆除，只是为了让老兵回团里有地方参观，找到点回忆，因此推迟好几次了，部队马上又要转隶了，下步可能就难保了。我在光明山下度过三年军旅时光，住的就是这样的平房，黑瓦石墙红地板。伫立在房子前，真的有些百感交集，似乎当年就住在这幢营房里，与战友出出进进……

旧营房的旁边，还保留一排草棚，也叫工具棚，是连队搞生产存放工具的地方，每班有一到两间。我曾经一直寻找工具棚的图片，均未获得，今天如获珍宝，不由多拍了几张。

出了三营，来到光明山下训练场观礼台。这里曾经有个军马连，连队撤销编制后，营房也被拆除，我们连队的驾驶班也在这儿，现在营房也不见了。过去团里打演习，指挥部就临时设在此，团参谋长彭水根在此摆兵布阵，指挥千军万马，在山里纵横驰骋。

出了观礼台，在二营转了一圈，又回到团里大门口。

回望团里，桉树沉默不言，光明山庄重无语，或许它们也舍不得与我这个老兵告别，还有许多的话要对我说，只恨时间短暂，真不知下次何时能回来。

团里近几年不停地改革转隶，唯有这座挺拔的光明山，一直不曾老去，因为它是团里的魂，是老兵永远的精神高地，无论团的建制怎样调整，只要这座山还在，老兵们的魂就在，精气神就永远不会丢。

木制"光荣军属"牌

刻刀，在历史之壁雕琢。八一，轻轻三画，石破天惊，火花飞溅。岁岁八一，今又八一。

每当这个节日，我就会情不自禁忆起家中当年那块木制军属牌和两斤猪肉，因为它让军人军属真正享有尊崇和体面。

"万壑泉声松外去，数行秋色雁边来。"那年菊黄叶红的秋天，我应征入伍，戴着大红花离开赣西小山村，坐绿皮火车来到了闽南漳州的光明山下，开始书写我金戈铁马的军旅人生。

眨眼就快到春节了，部队训练正紧，山村喜庆的鞭炮声此起彼伏，四处弥漫着过年的味道。千门万户曈曈日，总把新桃换旧符。家中今年过年少了个人，母亲早就开始想我了，担心我在部队首次过年不太习惯，催着父亲写信问问我的情况。这时大队书记和民兵连长来我家慰问，带着一块崭新的木制"光荣军属"牌，还有两斤猪肉。

父亲正在忙年货，见大队干部上门慰问，一股暖流传遍全身，脸上溢满了笑容，忙着递烟泡茶，生怕怠慢人家。

我们家已经拥有了一块"人民教师"的牌子，如今又多了块"光荣军属"牌子，父亲这个刚退休的老园丁自然抑制不住兴奋。他接过这块"光荣军属"牌和两斤肉，微驼的背直挺挺的，步子也显得有些庄重。容不得多想，他转身扛来木梯，找出锤子和钉子，想自己动手将牌子钉好。

正在喝茶的大队书记见后，赶忙站起来拉住父亲，对他说："您是老师，又是军属，光荣又自豪，这个事不应您动手，让我们来钉。"说完，他让民兵连长上了梯子，自己在下面把关，左右上下，反复调试，生怕牌子未钉在大门门框的正中，或将牌子钉歪了，那种认真劲，让父亲好是感动。

"光荣军属"的牌子钉好后，书记特意请父亲看看，确认满意后，这才让民兵连长从梯子上下来。牌子上四个红色的大字，与刚贴的大红春联相得益彰，陡然给院子里增添了无限的喜气，映红了老屋，映红了林子，映红了山村，映红了家中每个日子。

好客的父亲想留下书记和民兵连长在家吃个饭，以表谢意。书记说啥也不同意，说还有许多家要去慰问，等有空再来看望他们。父亲没法，只好将他们送出好远。

当晚，抑制不住兴奋的父亲在灯下铺开信纸，将白天大队书记上门挂"光荣军属"牌的事，还有两斤慰问肉，全都详细告诉我，结尾鼓励我在军营努力工作，一定要爱护这块军属牌的荣光。

从我入伍的第一年起，每年的端午节、中秋节和春节，民兵连长都会在节前提着两斤肉到我家慰问，春节还会多张慰问的年画。年画是省政府统一印制，在当年可是一种政治待遇。有时大队书记不忙，也会一起来，打听我在部队的情况，一再勉励我在部队安心服役，家中有事尽管给大队说。

在那个年代，村里人都不太富裕，春季还经常断粮，邻居见村干部提着肉上我家慰问，非常羡慕，让父亲这个军属感到特别有尊严和体面。善良的母亲接过这两斤肉，舍不得一家独享，正如父亲舍不得一家分享牌子的荣光，常请村里人到我家门口坐坐，反复回忆钉军属牌时的情景，因为在他的眼中，这钉的不是一挂普普通通的木牌子，而是一种无上的荣光，更是政府对军属的关心和厚爱。母亲将这两斤肉每次都会分点给坡下塘边的五保户李财生，还有生病的乡亲，自己仅留下小部分。每次回家探亲，有乡亲说沾了我的光，不需要解释，我想肯定是尝过这两斤慰问肉。

对于这块散发了荣光和自豪的牌子，父亲经常会下意识看看，发现上面有了灰尘，会立马扛出梯子，爬上去用抹布细心擦拭干净，让这四个红色大字在院子里时时熠熠生辉。

父亲上村里办事，因戴着军属耀眼的光环，常常一路绿灯，优先购过便宜木材，优先看过病，优先在大会上发过言，优先分过计划紧俏物资。当时有人不理解，说父亲搞特殊化，村干部马上站出来说话，谁送儿子去当兵卫国，就可享受同样的待遇。父亲听了此话，心里似喝了蜜一样甜，酷似当年他在教室讲台上讲课一样，腰板挺得更直，人显得特别的精神。

父亲有次去镇里赶集，偶尔听到路边有人议论，说邻村和我一起当兵的战友有了大出息，当上了连长，管着一百多人，而我在部队混得一般，当了多年兵还是个干事。知道干事是干啥的吗？就是干杂七杂八的事，不会带兵打仗。父亲听后非常着急，当天给我写了封长信，话语中全是要我不忘这块"光荣军属"牌子，多向邻村的战友学习看齐，争取也当个连长。尽管有些误会，老百姓也不懂部队职务的分工和专业的不同，但我从父亲的信中，深深理解一个父亲对儿子的殷切希望，更能明白他维护这块军属牌子倾注的真情。

那年村子被政府征用搞开发，全村人一夜之间成了移民。老屋搬家时，恰逢父亲住院，家人忘了将大门框上"光荣军属"的牌子拆下来带走，结果被掩埋在了泥土里。父亲出院后，三番五次要二哥找回来，最终还是未找到，让他失落了许久。或许这块"光荣军属"牌和"人民教师"的牌子，父亲早视为两块传家之宝，是家中最为珍贵的财富。

举家搬迁到镇上的新家后，我家再也没挂过"光荣军属"牌，连省里统一慰问军烈属的年画也难见到，父亲带着遗憾去了另一世界。

今年正月，喜鹊在窗户边叫个不停，我家真的有喜，院子里锣鼓喧天，鞭炮炸响，恰逢我在家休假，区人武部和退役军人事务局的工作人员到我家走访慰问，为我家钉上了一块金灿灿的"光荣人家"牌，院子里陡然平添了无限的喜气和亮色。

站在全新的"光荣人家"牌子的下面，我想，要是父亲在世该多好，他一定会激动开心，腰杆会挺得更直。

"一人参军、全家光荣。"新中国成立之时，开始实行挂军烈属光荣牌的制度，也有了拥军优属的光荣传统。"光荣军属"的光荣牌看似虽小，却是军属身份的标志。从物质价值上来讲，并不值几个钱，但它在军人心中、在官兵亲人心中，却不仅仅是一个小牌子，而是代表着一种荣誉、一种激励。

无论何时，关心军属这项工作不能淡忘，老传统更不能丢。如今军属大都富裕了，不仅仅盼望物质的慰问，更多的还是希望在政策和精神上的慰问，多到军属家里走走，切实解决一些实质问题，让军属真正享有优先，真切感受到尊崇。

闲置的兵营

踏上鹭岛，重回闽南，如同候鸟重回故地，一切都那么的熟悉，一切都那么的动情，一切又那么地勾起无数的军旅回忆。

我们团几次转隶，回去看看，多有不便。战友江总在岛上兼顾看护一处闲置的兵营，顿感兴趣，当即决定去看看，找点感觉，因为闽南部队的设施差不多。

老兵为何想回老部队看看？理由几乎相同，因为老部队贮存着青春的记忆，贮存着拼搏的足迹，贮存了汗水泪水，贮存了温馨或苦涩的梦。

江总比我晚点进驻漳州光明山下，可说是我出山，他进山，是同一个山下的战友。光明山，进山一片光明，出山光明一片。只要谈起光明山，战友们总有说不尽的话题。

鹭岛有个营的营房在调整改革中被闲置，需要找个合适的人管护，江总的儿子在这个部队服役，他又是老兵，条件十分符合，很快被选中。在现代化气息浓郁、灯红酒绿的鹭岛，看护一个寂寞的兵营，江总或许单纯的目的就是对军营一份浓郁的感情。

兵营藏在闹市一隅，推开厚重锈蚀的铁门，一幢幢高大的营房迎面而来，犹如伫立一个个笔挺的士兵，庄严地向我这个老兵行注目礼，欢迎我的到来，猝然让我有些慌乱，着个便服，不知如何回礼。

随着铁门的徐徐关上，喧嚣随之挡在了外面，整座营区瞬间静了下来，只听见鸟儿悠扬的鸣叫声。水泥路上铺满金灿灿的黄叶，两边杂草疯长。围墙边卧着一棵高大挺拔的榕树，四五人方能合抱，粗壮的虬枝下面垂悬密密麻麻的气根，气根上缠着一块块红布，如同飘扬的一面面军旗，迎风招展，似乎这是有意安排的仪式，让我这个老兵颇为自豪。

正对面就是营部办公楼，四层大楼静寂无声，好似一个平常的黎明，楼里的官兵正在酣睡，或是外出训练了，或是去很远的地方演习了。许多房间的门洞开，似乎这是有意为之，天天企盼曾经的主人回来看看，夜夜盼望再听到那熟悉的口音，熟悉的哨音，熟悉的军号声。那个黑脸的营长，两年未见了；那个儒雅的教导员，前些日子来这里看过；那个操山东口音的营部文书，还带女友一起来过……

一旁的士兵宿舍同样静悄悄，门口是齐人高的杂草，三楼的窗户上，摆着一双迷彩鞋，鞋跟朝外，鞋尖朝内，顿时让我涌动无穷的想象，是搬迁的命令来得太急，年轻士兵实在太忙，来不及收这双鞋子就离开了营区？还是年轻的士兵故意留下这双鞋子，留下念想，寓意自己曾在这个兵营奉献过青春年华，人虽然离开了兵营，但心依然留恋这里，梦里依然牵挂这里，有机会还会来看看……年轻士兵的心思，老兵真不太懂。

一座兵营，四处充满阳刚之气，即使闲置，同样能闻到熟悉的气息，熟悉的味道。

穿过密林，营部后面是个偌大的操场，篮球架保存完好，球场上的线条清晰可见。器械场上的单双杠依然坚守，随时等候战友的到来，只是沙堆被绿草覆盖。操场旁一畦畦菜地甚是寂寞，但笔直的地沟依然不失风骨，因为这是士兵辛勤劳动的成果。这里，士兵们曾经种下一粒粒希望的菜种，长出了一棵棵绿油油的蔬菜，犹如院子里新来的一个个稚气未脱的士兵。

菜地的尽头是营部宿舍，江总就住这幢楼里。一个老兵住进了营领导宿舍，且想住哪间就住哪间，不知有何体会。在外做生意是老总，在闲置兵营当楼主，成了坚守最后的"兵王"，这样的人生经历真不多，尤其是一个老兵，或许这是冥冥中安排？不由想起《集结号》谷子地，没有这号声，就得继续坚守，永不撤退。军人自从穿上军装第一天起，那种服从命令的意识，就吃进了脑子里，刻进了灵魂深处。

走进营部宿舍瞧瞧，一楼门口白色的地板开始松动，发出嘎嘎声响。江总说就是喜欢这种味道，说明营区闲置有些年份了，让人听后感觉久远，有些怀旧。

一看时间有些晚了，江总提议就在这里随便吃一点，我欣然赞同。

芒果树下摆开桌凳，油漆斑驳的桌子和凳子上印着"军"字，似曾相识，又特别亲切。别小看这些普通的凳子，将军坐过，大校坐过，上尉坐过，士兵也坐过，每个人的名字，凳子并非记住，但他们的面容依然记忆深刻，用粗糙的大瓷碗干饭，饭量大得惊人，仿佛能吃下一座山；用绿色的茶缸干酒，声若洪钟，豪气冲天，有饮尽东海之胆。

老兵回兵营就餐，菜多菜少不讲究，有酒没酒无所谓，关键是要找种感觉，找种回忆。太阳光从芒果树叶的缝隙流泻下来，照在桌子上，打在老兵的脸上，似乎年轻了许多，让我想起当年到部队在桉树下吃的第一顿饭，想起连队那个简陋的食堂，想起当年那个湖南籍的营长和江西籍的教导员，想起光明山下每个营区，每条沙子路，想起门口服务社和果林队，还有那个漂亮的阿娇……

人生要学会放下，老兵们却无论何时都放不下魂牵梦萦的军营。有些故事，有些人物，有些场景，往往在回望中会更加清晰；有些精神，有些荣誉，有些情感，往往经过时间的沉淀而愈显珍贵。当那些拌着酸甜苦辣的军旅岁月沉入时光长河深处，老兵们发现，它已成为人生记忆里最闪光、最重要的一部分。有人虽然当兵的日子很短，但心中的军旅情结却很重，如高山大川，巍峨耸立，连绵不绝；如长江黄河，奔流不息，浩浩荡荡！

一阵风吹来，树叶哗哗作响，整个营区似乎都在动起来，营区里四处是年轻的士兵，训练场上杀声震天，器械场上龙腾虎跃，菜地里挥汗如雨……

一座闲置的兵营，不像闲置的厂矿，总是要有点声音的，因为年轻士兵不甘寂寞。一座兵营可以闲置，可能会长草，甚至会坍塌，可这座兵营里士兵们的精武精神和奉献精神，将在历史的长河里熠熠生辉，永不磨灭。

任何一座兵营，都不想被遗弃，更怕被遗忘，只有与一个个朝气蓬勃的士兵朝夕相处，方能充满活力，体现出自己的价值。

重回初检小山冲

    山连着山，树缠着树。赣西故乡山多树多，叫冲的地名亦多，其中有个小山冲常常让我念念不忘，它的名字叫牛屎冲——因为这里是我军旅人生最初的出发阵地。

    牛屎冲，名字好是怪异，土得掉渣。从字面上看，一般人会猜测，山冲里常有人去放牛，四处是一坨坨牛屎，因此而得名。显然这仅是从字面上的想象，大地上每个地名均有其来由，正如每个人的名字，背后总有或大或小的故事。牛屎冲的名字到底因何而来呢？是不是冲里真的四处是牛屎？我首次从父亲那里听说这个名字，也有许多的猜想。

    在故乡众多的大小山冲中，牛屎冲本来如山里的庄稼汉一样质朴平凡，极不起眼，无人关注，犹如造物主遗落在山里的一块石头，或是一株普通的树木，任岁月更替，风雨吹打，无人知晓。只是后来不知被当时的公社哪位领导看中，在此建了个卫生院，从此打破山冲里的寂静，整天人来人往，曾经单调的绿色，多了白色和红色，间或还有黑色。

记得小时候受了风寒，出现头疼脑热，一般不会来这里，主要是山里的草药多，常见的病是不出家中的院子，熬点草药汤，喝下出身汗，准能药到病除。但有的病在家治不了，村上的赤脚医生也无招，方才到此就诊。

对于这个叫牛屎的冲子，我一直不曾进去过，没事也不想进去。

上世纪80年代初的秋天，大雁南归，晚稻收完，茶籽摘完，红薯挖完，秋收的活计全收工，我依旧回学校上课。晚上坐在窗前做功课，一轮明月照在我家院子里，如撒上一层薄薄的碎银，桂花的馨香沁人心脾，秋虫在草垛下呢喃。大队民兵连长这时推开我家柴门，踩碎满院月光，溅起一村的狗吠。他是来通知我第二天去公社卫生院参加征兵体检。我不想丢掉学业，犹豫不决，民兵连长是个退伍军人，怕我不想丢掉学业不去当兵，便耐心开导我，回忆起他在部队的成长经历，一些细节最终打动了我，内心涌动出了"骑马挎枪走天下"的激情，当场答应明天去体检。民兵连长这才停下来喝口水，脸上露出了笑容。

临走时，民兵连长一再交代我，早上要空腹，水也不能喝，尽量早点去。令我想不到的是，会以这种方式进牛屎冲。

鸡啼头遍，天刚露鱼肚白，我翻身起床了。披着满村的晨曦，挑满厨房一瓮水，叫上住菜园边的堂哥德望，结伴去公社卫生院参加征兵体检。

深秋的山村，满山红遍，菊黄耀眼，山上的野果熟透了，一阵秋风徐徐吹来，四处是香味，诱得我味蕾翻滚。路边秋收后的田野，像个忙了两季的汉子，有些疲惫，沉默不语，闭目养神，山风挑逗，野兔奔跑，鸟儿嬉戏，专心为下个季节的丰收积聚更多的精力和养分。

我世代居住的村子也是个山冲，名叫夏家源，出村是条蜿蜒窄小的山路，路旁两山对峙，山高林密，杳无人烟，幸而有个伴，清早才不害怕，也不孤单。过了与邻村接壤的长坡，立马有种豁然开朗之感觉，似是出了桃花源，眼前是一块平地，远处的山脚下是层层叠叠的农舍，屋顶升腾起了袅袅炊烟，似是一支画笔，正在给村子化妆。过了田埂，跨过小河，又开始上山，爬上山坳，里面便是牛屎冲了。

牛屎冲藏在山褶子里，四面群山激情相拥，仅在冲前冲后留有小路出入，山上树木繁茂，山脚正好有块平地，还有三口池塘点缀，卫生院依山而建，从地形上看是个好地方，因为后有靠，前有照，左右也有遮挡，风水不错。站在山顶上，可俯瞰到卫生院高大的房子，白墙黛瓦，树木掩映。

下到牛屎冲底，冲子和我们冲没多大的区别，只是比我们冲小多了，山上多是碧绿的茶籽树，还有杉树和樟树，山路边是绿油油的庄稼，三两家农舍立在进口处的山腰上，山坡、路旁、沟边并未见到一坨牛屎。这名字从何而来呢？

带着这个疑问，我们踏进了卫生院的大门。体检早已开始，公社武装部长和各队的民兵连长站在大厅里迎候，手中拿着名单，逐个核对。卫生院楼上楼下灯火通明，人来人往，一股来苏水味道直冲鼻孔。我报上大队和自己的名字，有专人带着我，正式进入体检程序。

一关关检下去，唯有一关碰到难题，血压偏高。听同来体检的人说，血压高肯定要被淘汰。顿时我焦急万分，负责量血压的护士劝我不要急，说往年有人也是这个情况，休息一下血压就正常了。民兵连长听说我血压偏高，觉得不太可能，肯定是紧张造成的，他怕浪费一个好兵苗子，反复安慰我不要紧张，还建议我去食堂喝点醋，再重新量一下。

听说喝醋有用，病急乱投医，我还是决定试试。

卫生院的食堂在一楼后面，我在里面找了一圈，怎么也找不到醋，不像家里，油盐酱醋全摆在一起，食堂仓库根本进不去。怎么办？我焦急地在走廊上来回踱步，正巧碰见在卫生院当护士的堂姐雪英，霎时似见到了救兵。她见到我满是惊讶，问我怎么不读书了，劝我多读点书再去当兵，年纪还小。我点头笑了笑。她听说我血压偏高，想喝点醋，当场带我又来到食堂，喊来掌勺的师傅，用只小碗给我倒了半碗白醋，我仰脖一口全喝了下去，酸得眼泪都出来了。喝完醋，堂姐让我在走廊上静坐一会，再去试试。大约半个小时后，我请负责量血压的护士给我重新量一下，居然正常了。

体检完，我走出卫生院的大门，冲里秋阳明媚，有股暖流在心间萦绕，我对着冲大声吼叫了一声，声音在冲里久久回荡。

初检合格后，复检也幸运通过了。没过多久，两个接兵干部进冲来家访。母亲泡上一碗山泉茶，从树上摘几个秋桃，招待简单，难掩农家之寒酸。父亲有点过意不去，准备杀只鸡，留接兵干部吃个饭，谁知他们说有纪律，饭点时间还是坚持出山冲了。

一个多月后，喜庆的鞭炮在家中院子里响起，民兵连长给我送来崭新的服装。我换上有点肥大的军装，背上散发出浓浓樟脑丸味的背包，胸前戴着大红花，在市区集中后，坐了两天两夜的绿皮军列，来到了位于闽南漳州光明山下的步兵团，当上了一名炮兵，开始书写军旅人生。

时光一页页翻去，眨眼间，我已成了服役三十多年的老兵。春节回家，特意抽空去看看初检的地方——牛屎冲。

卫生院早已搬出山外，主要方便乡亲们就诊，过去藏在深山里，多有不便，晚上进山看病也有些害怕。如今山冲里新建了一幢散发出现代气息的养老院，面积比卫生院大了许多。

伫立在养老院门口，当年初检时的情景如电影中回放的镜头，在脑海里不停地闪现。当年帮助过我的堂姐雪英，后来因脑子出问题走失，从此再未回来，生死不明；食堂那个给我倒醋的师傅，也不知到哪了，是否还记得当年喝醋的我？

养老院门口的菜地里，有个正在除草的老人，我特意请教他冲里名字的来由。老人带我上到山顶，指着前方一座由东向西的山，问我像不像一头大水牛，前面是个大牛头，中间有个圆鼓鼓的大肚子，后面有个圆圆的山丘，像不像一坨大牛屎？

我恍然大悟，原来牛屎冲的名字是这样来的。

借得千山万树情，化作文字赠山冲。草感地恩，方得其郁葱；花感雨恩，方得其艳丽。感恩这个名字土得掉渣的山冲，当年让我在这里感受到了真情，体会到了温暖，给了我人生远行的机会；感恩这里曾经帮助鼓励过我的人，是他们在我沮丧时给了我勇气和信心，最终克服困难，走出了山冲，圆了从军梦。

穿军装看望父亲

这是故乡赣西医院初冬一个极平常的上午。一轮暖阳透过梧桐树叶的缝隙，洒进病房，洒在了病床上老人的脸上。

一个着装整齐的军人穿过繁忙的四病区长长的走廊，悄无声息地走进了病房，径直来到了老人的床前。老人见到军人的刹那，两眼发光，激动万分，坚持坐了起来，久久地抚摸着军衣，抚摸着军人，生怕他瞬间会从眼前消失似的……

——这老人是我父亲，军人便是我。

当兵为国奉献三十余载了，记忆中回家穿军装没几回，一则部队有规定，非因公外出不得穿军装；二则穿军装外出多有不便。

每次回家，父亲见到我就会问："你这次咋又没穿军装回来？"我总是一笑而过，要么推托下次再说，要么赶忙将孙子推到他面前，巧妙地应付过去。我们李家世代蜗居的村子叫夏家源。村子如遗落山里的半边核桃，两头尖，中间圆鼓，东高西低，四面环山，风景秀丽，人口过两百，水田近百亩，大部分人都是靠种田维持生计，仅有四五家干手艺活，村民们的日子还算过得去。夏家源这个赣西普通偏僻的山村，历史上也曾留下战乱的伤痛。那是个宁静祥和的上午，村里人刚吃完早饭，三个日军突然蹿了进来，烧杀抢掠，无恶不作。父亲那年还是个十多岁的孩子，鬼子想抓他去当挑夫，吓得他急忙往山里跑。鬼子见他不从，追了上去开了一枪，子弹呼啸着从父亲的耳边擦过，但他的脚步仍未停下来，拼命地向祖屋后的山里奔跑。

山是山里孩子的魂，进了山如同鱼入了水，一会儿就没了影踪。这几个鬼子还是不甘心，在进山口守了好久才走。

记不清多少个月朗星稀的夏夜晚上，我和父亲躺在老屋前面的竹床上，他反复对我说，儿啊，要是当年我被鬼子抓住了，说不定就没命了，这个仇永远不能忘，这个恨永世要记住！

当兵第三年，我首次穿军装回去。那时的军装尽管和现在比显得有些单调，但头顶红五星，红旗两边挂，人还是显得挺精神的。

当兵儿子回来了！父亲得知消息，停下手中的活计，激动地拉着我前后看了好几遍。他简单地询问一些部队的情况后，便带我登上了老屋对门的大帽山。这里是村里的制高点，伫立山顶，全村沟壑池塘农舍田野尽收眼底。父亲用手指着告诉我，鬼子是从那个方向进村的，最后是从那条小路走的。末了，他对我说，要是我当年也和你一样当兵扛上了枪，肯定要撂倒这几个鬼子，让他们有来无回。

我陡然明白，父亲送我当兵，要我穿军装回来，除有我在部队的大熔炉中锻炼成长的希冀外，更多的还是要我记住他人生的屈辱史，不能再让历史的悲剧在村里重演！

风尘三尺剑，社稷一戎衣。长期处在和平时期，远去了鼓角争鸣，如今在一些人的潜意识里早已淡忘了战场硝烟，甚至有的人还质疑军人存在的价值。可自从我穿上这身军装，告别家乡那天开始，就与家人聚少离多，尽忠与尽孝无时不牵扯着我，也同样考验着和平时期的每个军人。父亲病了，我不能在床前端茶送水；父亲冷了，我不能为他生炉添柴，家中一切大小事，父亲总是默默忍受。

养儿防老的观念在家乡根深蒂固。曾有人还嘲笑父亲有儿不在身边等于白养。我回家获知后，心里颇不是滋味，每次都会多陪陪他，尽力为父亲做些力所能及的事，譬如带他去镇上理发，帮他到村上缴电费，陪他到市区看看。

可父亲这个新中国成立前参加革命的老园丁，他熟知国与家的轻重，掂得清哪里更需要他的儿子。平时，他一再交代家人，有什么事不要轻易告诉我，怕让我分心。我每次打电话给他，他第一句话就是家中都好，他能照顾好自己和我母亲，一切尽管放心！

有一年快过春节时，父亲病倒了。我打电话回去，他仍告诉我家中一切都好，不必挂念，干好工作。可我在电话中隐约发觉他声音有些不对，便在春节前的一天临时改变主意，带上妻儿回家团聚。

当我翻过山坳，踏进村口，老远就瞧见家里的晒谷坪今年破天荒的未盖稻草，上面铺满了一层厚厚的霜花。我不由心头一紧，父亲肯定病倒了。

加快脚步推门一看，果真是父亲的哮喘病复发了，正躺在床上喘，上气不接下气。父亲见我和全家都回来了，甚是高兴，硬撑着下地，拉着孙子问长问短，最后便埋怨我又没穿军装回家。人都病成这样，他还关心起这个，顿时让我五味杂陈。

父亲来南京治病，曾在军区大院小住过一段时间。我每天早饭后只要穿上军装去上班，他都要送我一程。路上，我发现平时腰有点微驼的父亲此时显得格外精神，腰板挺直，脚下生风。见到我的战友，他一个劲地笑着打招呼，直到将我送进办公大楼，才会恋恋不舍地返回。

父亲在部队大院每天去得最多的地方是警卫连的操场。每天连队的战士都会着装整齐地在这里操枪弄炮杀声震天。这些枯燥无味的练兵场景，父亲却看得津津有味，有时还要拉着孙子去看。儿子从小在部队大院长大，练兵之事早就看腻了，每每陪他一会就会偷偷闪人。父亲却百看不厌，如痴如醉，常常连吃饭都会忘记。

我有次问父亲，我长年不能在家陪你，孙子也不在你身边，你和母亲住在山村里是不是失去很多，常感到很孤单？他说，儿啊，其实我一生很富有。你瞧，我拥有一座青山，两个菜园，三间老屋，天天百鸟争鸣，四季鲜花相伴，还有个为国奉献的儿子，谁说我不是一个富翁，谁说我孤单？我听完为之一振，普通而又平凡的父亲，竟有如此高的境界，令我甚是欣慰。

一年初冬，我回驻故乡的部队授课，特意穿上军装，准备回家看看父亲，满足一下他老人家的心愿。谁知父亲正病重住院，照料他的外甥女告知他我回来了，还穿了军装，父亲听后甚是兴奋，一再催我快去看看他。

第二天上午授完课后，我才抽出时间，急匆匆赶去医院看他，这就是本文开头的一幕。那天医生告诉我，好久未见到父亲这么好的气色了。这也是父亲最后一次见我穿军装。

第二年暮春，勤劳一生的父亲驾鹤西去，这天我还在距故乡近千公里的军营。

父亲去世六周年前夕，我正好有公务活动路过故乡，特地穿军装去看看父亲。此际，父亲再也不能到老屋门口来迎我了，也不能再带我去爬村里的制高点了。他的墓位于小镇斜对面的半山腰上，四周松柏相伴，两旁群山环绕，山上清风习习，山下厂房林立。

点燃香烛，摆上贡品，斟上水酒。青山无言，松柏无语。

我庄严肃立在父亲的墓前，轻轻地对他说，父亲，我回来看你了，这次穿了军装。话未完，泪满眶。

含泪向父亲敬礼，我想他老人家一定会很开心的，因为当下盛世太平，身后小镇一片祥和安宁……

父亲的铃声

　　每当听到军号，就会自然而然地想起父亲，想起他的铃声。

　　赣西萍水河一路奔腾向西，逶迤至湘东黄花桥，在荷尧境内与上栗县一条小河深情拥抱，继而浩浩荡荡挺进湖南，融入湘江。两水交汇处的小河上，新中国成立前曾有座木桥，一桥飞架东西，是进入荷尧古镇重要的交通要道。一年夏天，几个乞丐在桥上生火做饭，不慎引发大火，将桥全部烧毁，因而地名取名为火烧桥。距桥边上游不远处有所小学，取名为火烧桥小学。

　　新中国的黎明将要到来之际，父亲却连遭不幸，双亲相继因病去世，家道中落，七兄弟被迫分家，自谋生路。经熟人介绍，火烧桥小学校长文冬泉举荐，父亲在学校谋了个差事。

　　初冬时节，连天毛毛细雨，出奇的冷，刚找到工作的父亲的心却是热的。他踩着泥泞羊肠小道，出了夏家源山冲，翻过陡峭的山坳，走过人迹罕至的长坡，渡过浪花飞溅的黄花渡口，小心翼翼踏进火烧桥小学的校门，成了学校的一名工友。当工友，即学校的勤杂人员。公鸡啼晓，天刚擦亮，父亲一跃而起，挑桶去河边挑水，继而麻利生火，给老师做早饭。打理完厨房，父亲随手操起大竹扫把，将校园扫得干干净净。在他的眼里，每扫一次地仿佛扫去的是昨天的不幸，留下的是带甜的好日子。

一天中最重要的工作，也是父亲最开心的事是打铃。爷爷曾送父亲上过三年私塾，私塾里没有铃声，只有威严的戒尺声，还有先生的喝斥声。父亲喜欢铃声，悠扬，欢快，喜庆，让人轻松愉悦，还能激起人无限的希望。

学校的铃声出自一截钢轨，钻个洞拴根铁丝，悬挂在校门口的大树上。东升朝阳透过树隙，洒在校园，洒在父亲的脸上，这是他的高光时刻，酷似号令千军万马的指挥员，镇定自若地立在树下，挥起小铁锤，"咚咚"地敲向钢轨，钢轨随之发出清脆的铃声。孩子们听到铃声，犹如战士听到号声，争先恐后地冲向教室。那清脆的铃声响彻校园，穿过茂密的树林，跨过荷尧古镇，飞向远方的山峦，久久在萍水河上回荡。

打铃让父亲一天中最有仪式感。

父亲放过牛，挖过煤，熬过樟油，在地主家当过长工，尝尽人间酸楚，因此对工友这份差事十分珍惜，干任何事情都踏踏实实，生怕出错对不起举荐他的校长。一次春天回家办事，第二天早上为了赶回学校按时打铃，过黄花渡口时，水流湍急，他独自划船过河，不慎将船掀翻，差点沉入水底，幸而抱住撑船之篙，方才脱险。当他浑身湿漉漉的准时站在树下敲响铃声，师生们都向他投去感激的目光。这个脱险细节，父亲在夏夜竹床上纳凉时多次提起过。

木桶挑来春夏秋冬，铃声送走四季轮回。文冬泉校长非常喜欢工作勤快的父亲，听说他念过三年私塾，学校正好缺老师，便鼓励父亲试着上一节三年级的数学课。"熟读唐诗三百首，不会作诗也会吟。"其实父亲早就有这个向往，经常在窗外关注老师上课，没人的时候还一招一式学着老师讲课。机会总是垂青有准备的人，父亲讲课特别用心，文校长甚是满意，第二天就让他放下水桶和扫把，改行执教鞭当老师。

是夜，月光如水，泼进父亲的心里，让他躺在床上辗转反侧，激动得久久难眠，干脆披衣漫步萍水河边，明月爬上山岭，月影坠落江心，水面泛起金色的光晕，两岸的烟村云树和农舍映入水中，亦真亦幻，他一直走到鸡叫头遍才回学校。

父亲走上三尺讲台后，工作更加敬业，虚心向他人学习，宿舍那盏煤油灯，每天很晚才熄灭。新来的工友不太会打铃，也不好意思打铃，父亲总是帮着工友打铃，身份变了的他总觉得这一声声铃声，敲走的是过去的岁月，迎来的是崭新的黎明。老师和学生喜欢听他的铃声，节奏有力，抑扬顿挫，似乎听的不是上课的铃声，而是弹奏一首音乐，这音乐能让人心潮起伏，热烈奔放，犹如部队的军号，军号一响，千军万马步调一致，哪怕是江河阻断，高山横亘，战士们也会无所畏惧，勇往直前。

文冬泉校长是名地下党员，暗中考察发现父亲根正苗红，吃苦肯干，要求进步，于是鼓励他向党组织靠拢，常常向他灌输革命理论。江上的桥被火烧坍塌了，父亲人生进步之桥却在龙形山下秘密升腾而起，通向希望的明天。文校长带着父亲举着红旗，喊着口号，走上荷尧古镇，奔走在萍水河畔，迎来了中国的新生，也迎来了自己的新生。

新中国成立后，父亲成了荷尧小学正式的老师。正是在这个学校里，父亲成了家，家里的日子也如芝麻开花，一天比一天好。父亲的铃声，不仅响彻校园，还响遍家乡的山冲。父亲进步很快，当了校长和片主任，分管几个学校的工作。父亲敲响的铃声，飞过萍水河，穿过田野，漫过山坡，传到了家门口的杞木河，在下埠古镇几个学校打转，在家乡的山山水水中回响。

我听着父亲的铃声长大，也目睹过父亲打铃时的风采。

十八岁那年，我戴着大红花踏进了火热的军营。每天只要听到闽南漳州光明山下响起嘹亮的军号，便会情不自禁想起父亲，想起他的铃声。父亲的铃声催我好学上进，克服困难；部队的号声催我勇往直前，无所畏惧。铃声和号声有相同点，也有不同点，相同的是提醒、提示和命令，而不同的是，铃声提醒的是师生，军号提醒的是将士；铃声激励的是探究未知的知识领域，实现人生的价值，而军号则是号令千军万马上阵杀敌，去夺取胜利，捍卫祖国的安全。

每次休假回家，父亲都会给我讲他的铃声，讲他的执教往事，讲他一生高光时刻。最后，他会鼓励我安心服役，扎根军营。与父亲分别总是在公路边一个叫陈家塘的小站，从他的眼神里，我深知父亲的用意，他是想将他的铃声让我传承发扬，当然不是让我去执教鞭，而是变为我的号声，为我军旅人生催征。每当我在军营处在低谷迷茫之时，我内心的深处就会响起节奏有力的铃声，这铃声给了我力量，焕发出了巨大的勇气，让我挺直腰杆走向军号。

父亲在世时一直念叨，想去火烧桥小学看看，感恩引路人文校长，感恩收留他的小学，感恩荷尧这方水土上纯朴的乡亲。

父亲去世九年后，我决定还他之愿，去火烧桥小学看看。或许是巧合，也是初冬毛毛细雨天，出奇的冷，我来到荷尧古镇，寻找父亲的足迹，聆听父亲的铃声。火烧桥小学背倚龙形岭，前临萍水河，古木参天，修竹翠绿，校舍呈两排，依山而建，层层叠叠，底蕴深厚。当年将父亲引上三尺讲台的文冬泉校长之子文健山接待了我，他说对父亲有印象，个高清瘦，机灵精干，打铃特别响，老师和学生都非常敬重父亲。

恰逢周日，校园里静悄悄，似乎每个地方都有父亲的影子。我独自来到山腰的厨房，仿佛父亲还在这里劈柴挑水，水缸里的水早上被他挑满了，灶前的柴堆成小山，墙角那把竹扫把，父亲可曾用过？操场上，好似听到沙沙的扫地声。上了教学楼，父亲当年在哪间教室上过课呢？随意推开一间教室门，一阵穿堂风将学生的作业本吹得哗哗作响，是不是父亲正在发作业本？他高大清瘦的身影被窗户投来的光线拉得好长好长。

　　下了教学楼，校门口两棵古树吸引了我，当年父亲就是庄严地站在古树下，挥起小铁锤，节奏有力地敲响钢轨，发出悦耳动听的铃声。如今那截钢轨不见了，遗落在了岁月的阁楼，但树上还留存深深的印痕。陡然风起，树摇叶响，父亲这是您敲响的铃声吗？那声音听起来特别熟悉，特别亲切，特别扣我心弦，特别让我振奋不已，宛如在老部队光明山下听到熟悉昂扬的军号声。原来，时光可以走远，父亲的铃声却一直在这里，从未间断过，永不消逝！

　　父亲的铃声，部队的号声，永远回响在我人生的长河里，给我力量，为我指路！

每到年根就想家

春运开始售票了，每到年根这个时候，我就会自然而然地想起赣西生我养我的村庄，想起母亲曾经在村口深情的守望。

每一个村庄无论大小都有村口，有了村口就有了游子朝思暮想的草木故园，就有了人间烟火味，就有了安放灵魂的家。

村口是一个村庄的醒目标志和地理方位，更是一个令游子魂牵梦萦的心灵港湾。村口与家无论多远，只要儿女远离村子了，无论多久，无论春夏秋冬，总有个母亲在村口执着地守望，用手搭起的凉棚，盼望儿女陡然出现在她的视线里，像童年时一样开心地扑进她温暖厚实的怀抱里。

那年秋天，枫红菊黄，大雁南飞，戴着大红花的我一步三回头地离开家，离开母亲，目光里满是眷恋和不舍。母亲是不想我离开她的，站在村口的柿子树下高高地挥着手，久久未放下，似是想把我拉住，又似是祝福我一路平安。然而，戎装在身，我还是要走的。走远了，回望村口，母亲在树下变成了一个黑点，黑点仍在动，我想母亲是在擦泪，或是仍在向我挥手。

儿行千里母担忧，儿在异乡也思娘。部队驻扎在闽南漳州的光明山下，那时训练甚苦，生活也不习惯，常会在梦里梦见母亲，梦见她在傍晚时分来到村口，伫立在柿子树下，如往常一样手搭额头，眺望山外，等我回来看她。风吹散了她那花白的头发，夕阳将她的影子拖得很长很长……我能想象出那些年每天踽踽而归的母亲，心里该是多么失望啊！

村口的母亲，在我的记忆中已站成了一道永久的风景。

后来，我每次回到故乡探亲，当一头撞进那片日思夜想的山村怀抱时，我最先望见的就是熟稔的村口。村口的山脚下，有亲切的狗吠鸡鸣，还有老牛哞哞声，邻居家升腾起的袅袅炊烟，氤氲着饭菜的香味，传递着家的温暖气息，还有亲切的乡音。

游子无论离开村子多久，村口都是故乡最真实的意象，看到村口就如同看到望眼欲穿盼儿归家的母亲，让我瞬间忘记了一路的颠簸与疲惫。记得有一年春节前，我是临时起意回家过年，黄昏时分踏进村口，发现柿子树下有个人影，莫非是母亲？天这么冷，还刮着北风，我赶忙迎了上去，果然是她，拄着拐杖，头上盖着蓝色的头巾，佝偻着腰。我顿时双眼湿润了，急切地问母亲："您咋知道我会回来呢？"她说："快过年了，今早喜鹊叫个不停，我想着你可能要回来了，见别人家的儿子都回来了，就习惯地出来望望，想不到你还真的回来了！"母亲笑得像个孩子，我却心疼得说不出话来，赶忙拉着母亲回家。

自从我当兵离开家后，母亲思儿心切，每天都会在村口张望一会，有时明知我不会回来，但去村口早已成了她的习惯，似乎不去张望一会，总觉得少了些什么。

那个叫夏家源的村口，也是乡亲们的聚散地，更是信息的传播中心。春夏秋冬，那些纯朴勤劳的乡亲总爱坐在村口或是村口的塘边、树下，聊着永远也聊不完的话题，比如李家建了高大气派的新房，王家娶了城里的媳妇了，张家儿子打工赚了大钱，胡家的狗下崽了……当我风尘仆仆出现在村口时，乡亲们会热情地跟我打招呼，呼唤我的乳名，迫不及待询问我在部队的情况，还有在外的见闻。

离开村子这么多年了，记忆还停留在儿时的欢乐。那时的天空很蓝，门前池塘下的水沟里四处是鱼儿和泥鳅，一网下去就有收获。累了，我喜欢坐在田埂柔软的草上歇一歇，听听鸟儿的鸣叫；渴了，用手捧点清澈的塘水喝几口。沟旁是一片片金黄的稻田，当微风吹起，稻浪翻滚，蔚为壮观。

"几处早莺争暖树，谁家新燕啄春泥。"村里的燕子很多，我家的屋檐下和堂屋里一直有好几个燕窝。春天的时候，燕子着正品的燕尾服，从南方成群地翩翩飞回，在我家门口的电线上欢快地飞舞，叽叽喳喳，甚为热闹。有时候，燕子也会飞到我家里转几圈又飞出去，像是给邻居打招呼，恳请多多关照。而在天气渐渐变冷的时候，它们又成群结队地飞去了南方。年复一年，来来回回，不知疲倦。

离家后，发现燕子和我一样，把我的故乡也当成了它们的故乡，不远千里地飞翔，不管路途艰险，只为回到那个家。尽管我家不富裕，住在僻静的山村；尽管家很遥远，但一定会回来，那是快乐生活的地方，村口会接纳它，乡亲会喜欢它，它们在此能找到开心，找到幸福。

或许离开村庄在异乡漂泊已久，有人会把故乡当客栈。可是，故乡的山水始终在远方等待着游子的归来。村口一直会热情地接纳我，无论我离开多久，村庄一直会认可我，不会把我遗忘。

一个城市有城门，进城必从门穿过。而村口就是小村之门。进门，出门，看似寻常简单，却是悲欢离合之处。对于像我一样在外的游子来说，村口是滋生思念、牵挂和期盼的地方，也是守望幸福的驿站。村口如一把标尺，丈量着血浓于水的亲情距离；村口似一道分割线，隔开了故乡与外面的世界。

村口又是一个见证者，无论谁何时远行或何时归回，它都记得清清楚楚。村口全天候坚守岗位，见证了乡亲的悲欢离合，目睹了四季的劳作和人生的艰辛，演绎了一幕又一幕生动感人的送别情景，留下了一个又一个执手相看泪眼的眷恋身影。

总有个亲人，会在村口守望，无论寒暑，等待着你回来。

朱自清说，"燕子去了，有再来的时候"。余光中说，"乡愁是一枚小小的邮票，我在这头，母亲在那头"。席慕蓉说，"故乡的歌是一支清远的笛，总在有月亮的晚上响起"。我却觉得啊，乡愁是一棵没有年轮的树，永不老去。

村口的那棵柿子树，年年岁岁历经风雨侵蚀依然傲然挺立，凝视着小小山村的兴衰，守望着村人的冷暖。异乡再好，都无法安放我不安的灵魂和躁动的心灵，当熟稔的村口在梦中一次次浮现时，我饱含着热泪记住了乡愁。每个人的记忆里是否都站立着一株树？一株老得不需名字的大树，挨着池塘流水的人家。在无数个晚饭之后的黄昏，凝望着整个村落，像信守着一个不弃不离的承诺。

每次回家短暂团聚后，我又要分别，离开村子去远方。母亲早早地站在村口的柿子树下，像我当初离家时一样，高高地挥着手，欲言又止。回头看着渐渐模糊的母亲，想着母亲这一辈子为儿女、为家含辛茹苦、积劳成疾，我泪流满面。养儿为防老，可我这个做儿子的却没法为母亲做些什么，反而让她天天牵挂着我，真的让我难以心安。在我的眼里和心中，母亲永远是通向村外的一条大路，而我是从她肋骨中生出的一条小路。

后来，在村子的臂弯里，在夕阳的余晖中，我看到村口那棵原本蓊蓊郁郁、葳蕤蓬勃的柿子树，也一天天消瘦下去，仅留嶙峋铁骨。

终有一天，村口这个曾经最温暖的驿站，瘦成一根尖尖的麦芒，扎在我的心田里，在梦境里喊痛……

孤独的老山营盘

　　军旅岁月，曾住过许多的营盘，有的仅短暂几天，有的则三五年，唯有待了十年的老山营盘，刻在了记忆的深处，一生难忘。

　　此老山非云南之老山，它气势雄伟盘卧在南京之北，横贯浦口区境内，南临长江，北枕滁河，系淮阳山脉余脉，山峦起伏叠嶂，有大小山峰近百座，东西长三十五公里，南北宽十五公里，号称"百里老山"。

　　初入老山营盘是个初秋，山里的树叶刚泛黄色。翻过陡峭的黄山岭，两边树木掩映，群山对峙，沉到山底岔路口，前面群山莽莽，心里五味杂陈。命运似乎总是和我开玩笑，童年生活在大帽山，当兵进了光明山，哪知上学又来到老山，看来一生与山结缘，总也走不出大山。

　　汽车在蜿蜒的山路上行走，路旁是层层叠叠的稻田和郁郁葱葱的树苗。山路弯弯，云腾雾罩，进山，上坡，下坡，再上坡，终于看到了藏在密林中的营盘大门，两边有持枪肃立的哨兵。

四面环山一条路，中间夹个大水库。风唱歌来沙跳舞，出山一趟真辛苦。

营盘距最近的乡村公路大概六公里，距县城十多公里，距南京近三十公里。

营盘何以建在如此偏远的山里？战将许世友时任南京军区司令员，一次来老山打猎，返回时到此小憩，出于职业习惯，环顾四周，群山环绕，仅一进口，易守难攻，且远离市区，保密隐蔽，遂下令修建一座兵营。

早先这个营盘里甚是热闹，进驻一所军医学校和一所野战医院，相邻还有个正团级坑道管理所，山里四处是兵，随便扔个石子，可砸中一个兵，有可能还是女兵。后来因形势和任务变化，加上离南京城实在太远，医校和医院悄然搬进了城市，改成了培养后勤人才的单位。相邻的坑道管理所级别降至营级，兵没剩几个，多处营房闲置，到处杂草丛生。

老山营盘煞是特别，上坡进门，进门下坡，似沉在锅底，四周群山遮挡，底部并排竖着三层四幢石头砌的房子，靠东面的一幢是办公楼，后面几幢是学员宿舍楼。营盘里的景色不错，鸟语花香，草木茂盛，古树参天。上课的教室在对面的山腰，多是医校或医院的仓库改建而成。教室下面有幢楼房，阴森可怕，无人接近，四周被杂草包围，成了老鼠和蛇的老巢。久了，方知此楼是医校留下的停尸房。每天路过，心里怪怪的，尤其晚上，生怕里面有鬼怪张牙舞爪地冲出来吓人。单位决定炸掉此楼，怪异的是轰的一声，房子一动不动，吓得爆破的人不敢再进入，最后连炸了三次，房子才极不情愿地倒下。事后有许多传说，称鬼怪显灵。显然是鬼话，真的显灵，房子咋会倒掉？

进山不易，出山更难。营盘里有趟双拥班车，早出晚归，终点站在南京鼓楼。星期天请假外出，没赶上这趟班车，只能迈开双腿走，花半个小时走到一个叫滴水珠的地方，再拦过路车上县城。回营盘就在滴水珠下车，再走进去。家属进山，同样多是走进走出，非常辛苦。

好在军人生活简单，需求也简单，极少出山。不过每天困在山里，信息闭塞，如困桃花源。那时没有网络，没有手机，与外面世界联系，只能鸿雁传书，遇见下雨下雪，邮路不通，日报变周报。

学业结束，战友们急不可耐地想出山，尽快离开这个鬼地方。有两个城市单位主动与我联系，我也有意过去。这山里景再美，还是不想留。

谁知命运捉弄人，因喜欢写点文章，我被学校点名留下。军人以服从命令为天职，只得继续留在山里。看着战友们开心地坐车出山，心里如打翻五味瓶。

既然无处可逃，不如喜悦；既然没有如愿，不如释然；既然没有选择，只能接受。

夕阳西沉，洒在山里全是孤独。"暧暧远人村，依依墟里烟。"每一缕炊烟都是一条温暖的手臂，那是母亲在呼唤。小时候看见炊烟就会往家跑，肚子也会感觉特别饿。

每天伙房的烟囱升腾，我就特别想家，想母亲，想吃母亲亲手做的饭菜。只是困在这山里，世界很远，家乡很远，母亲似乎将她的孩子遗忘了。家距这里近千公里，一年只有一次假，剩下的日子都要在这山里坚守，豪饮孤独当美酒。

机关大部分人已成家，家属点设在南京北崮山，一到周末的下午，大家都开开心心地回家了，有的午饭后就急不可耐地出山，唯独留下我这个单身汉，心里空落落的。机关宿舍区在西面山下的水库边，上下两排，年久失修，灰色漆黑，如沉默寡言的老人，没多少生气。

无雨的夜晚，风从大山深处呼啸而来，将门窗吹得"啪啪"作响，似乎要撕碎，间或还会发出"呜呜"凄厉的声音，怪吓人的。有雨的夜晚，山里更为恐怖，风雨交加，电闪雷鸣，地动山摇，整个山里白茫茫一片，山洪从山上狂奔而下，横冲直撞，似乎要将房子冲跑……山中如此孤单恶劣的环境，难让人安心，年轻人不愿在此待长久，从分配到这里的第一天起，就想着早点离开。

周末困在山里，孤独得让人发疯。唯一能让我安静下来的良药就是读书与写作。

学校有个图书室，藏书两万余册，好多名著上落满了厚厚的灰尘。走进图书室，见到这些未保管好的书籍，真心疼不已，犹如怠慢相知已久的朋友。虔诚地从书架上取出，擦净上面的灰尘，带到宿舍，泡杯热茶，安静地读起来。外面风急雨大，我却心如止水，整个人很快进入了书中的世界。几年下来，图书室里我喜欢的书几乎读了一遍，有的还读了两遍。

周日实在无聊，穿过一个"千山鸟飞绝"的山坡，翻过东面的狮子岭，山腰有个兜率寺，虔诚进寺，听悠悠的钟声，驱赶内心的纷乱躁动；有时会绕过南面的围墙，下到毗邻的余冲村，听听村里鸡鸣狗吠，找点回家的感觉；更多的时候，会去七八公里远的汤泉镇，在露天池里泡会儿温泉，让自己彻底放松，暂时忘却山外的世界。

小机关，大世界。机关二楼的办公楼，窗外有棵翠绿的柿子树，发现自己颇像一只青涩的柿子，悬挂在时间的枝头，本以为只要拼命地努力，便可公平享受阳光雨露的滋润，事实并非如此，总会有叶子和树枝野蛮地横插遮挡。

有人总结：忙中不说错话，乱局不看错人，复杂不走错路。从山里出来，一直在山里打转，经验自然欠缺，常走弯路，多交学费。有人劝我识对人，更要跟对人；也有人劝我要合群，吃辣椒长大的山里孩子，性格执拗，不盲目随流，认准的路不回头。

晚上，山里静寂，四周黑漆漆，业余时间单调，每周除了看场电影，没有其他，也无处可去。山里流行喝酒打牌，常玩到凌晨。我不喜欢打牌，也不喜欢喝酒，主要是怕浪费时间。

搞写作是个苦差事，磨人的差事，催人老的差事，无人愿意碰的差事。因喜欢爬格子，领导就委我重任，任务接踵而来，除了写新闻，更多的是写材料，开会材料，讲话稿，半年、年终总结，工作经验，单项工作汇报，码字的任务没有句号，只有逗号。

深山夜晚，风是孤独的，月是孤独的，连星星也是孤独的，整幢办公楼里唯有二层楼上的一间办公室里，漏出一束孤独的灯光。灯光下，我孤独地在方格上码字。窗外，虫子的叫声，似乎也是孤独的。那时没有电脑，写材料只能用最原始的方法，先打草稿，反复修改，定稿后再誊抄一遍。

写累了，手酸了，腰痛了，出来走几步，走廊是孤独的，外面的营区也是孤独的。楼上传出洗牌的声音，正沉浸在输赢的企盼之中。而对我来说无法轻松，常常是明早上班就要交材料，再苦再累也得完成。

第二天上午，领导让我休息，有时回去根本睡不着，干脆吃过早饭就上会场。会上热烈的掌声，对领导的肯定，也是对我的褒扬，只是我的脸色苍白，脸颊瘦削，眼神无光。

某天领导找我，说我工作干得很不错，就是不太合群，同事说我清高，不打牌，也不喝酒，在部队可能干不长久。我这个青涩的柿子，面对这两个选择，好是为难，打麻将我绝对不沾，思来想去，只得选定喝酒。记得在故乡征兵复检的前夜，我买瓶汽水喝下，头昏沉难受，见酒就发怵。

山里晚上没地方去，喝酒的机会多。那时没有禁酒令，上级进山来检查，需喝点酒款待，还得喝好，喝出点气氛。还有部门与部门喝，同事相互喝，上下互请，总能找到理由。门口有两家小店，一家叫红塔山，另一家叫八一商店，两家生意兴隆，人声鼎沸，赶跑了山里晚上不少孤独。

不胜酒力的我，一醉二醉三醉，反正人生不过一场醉，豪饮一碗酒，敢上战场把敌杀。醉过几次，酒似乎并不可怕。当时有句流行广告词：喝孔府宴酒，做天下文章。但酒真要是喝多了，什么文章也做不了。

流年似水，白驹过隙。四年、五年，六年和七年，我还在山中坚守。好多战友都出山了，有的还调回了老家，唯独我依然在山中踯躅。其间，家里没有人来看过我，我也不好意思让他们来，主要是山里进出和食宿不便。

这期间有过两次出山的机会，调令都来了，犹如山中一缕阳光，偶尔照到我的头顶。可这两次机会都因单位不放我走，因此错过了。我只得继续待在山中，孤独时就看书，在书中寻找快乐，寻找精神支柱，寻找最好的自己。毕竟每个营盘都要有人坚守，需要有人付出牺牲。

有时实在闷得慌，我会冲大山吼几嗓子，或是朝着出山的路发疯地奔跑，累了在褐色的松毛上躺一会，等心情平静，再回营盘。

那是个深冬的黄昏，山里一片肃杀。我坐在水库边的台阶上发愣，满脸皆是心事，久久打量水面上结的冰。这时有个老同志路过这里，停下了脚步，他笑着问我："你知道冰什么时候开始融化的？"

我不知道他为什么要问这么简单的问题，脱口而出："开春天气变暖，气温升高的时候。"

他笑了，一脸的执着："不，你错了。冰看似在一夜之间融化，但实际上是在很早以前，从最寒冷的那一天开始，冰就已经开始融化了，只是没有人注意到。你的人生不就是暂时的寒冷吗？没有一种冰不被阳光融化，自信是融化你心里坚冰的阳光，只要你自信，孤独就会像冰一样迟早被阳光融化。"

老同志与家人两地分居，聚少离多，可他脸上天天洋溢着笑容。听了他的话，我如醍醐灌顶，大彻大悟。

远处的操场上传来军号声，听着有不一样的感觉，似乎有千股热流在全身冲撞，有万匹骏马在体内奔腾。

山中坚守十年后，我终于获准出山。苦心人，天不负。

山中十年，唯一的家当是半麻袋书稿和六枚三等功章，还有一身洗不净擦不掉的"山味"。孤独的我要出山了，正如我孤独的来，挥挥手，不带走山里一片云，一枚树叶，一根草！

进城这天，山中气温骤降，下了一场罕见的大雪，四周白茫茫一片，老天似是有意，更合我意。在雪中深一脚浅一脚地前行，陡然觉得自己一直像只孤独的鹰，这是出山去适应新的环境。从闽南光明山进老山，出老山进未知之山，长江两岸雾升腾，回头看，天若有情天亦老，人间正道是沧桑！

来到繁华都市机关工作，整天忙得似陀螺。可习惯山里寂静的我，总喜欢在深夜或周日，将自己关在办公室，为的是给自己找份清静，在孤寂中做些思考，在冷静中独守自己，看清自己，反省自己。因为在热闹和喧嚣中，很多东西是发现不了，更体会不到。孤独时，从毛毛虫里看见蝴蝶，从蛋中看见雄鹰，从自私的人身上看见圣徒，从死亡中看见生命，从人性中看出神性，从神性中看见人性。

电影《梅兰芳》里面有一句好莱坞味道的台词：你知道什么是孤独吗？梅兰芳的一切都是从孤独里面出来的，谁要是毁了他这份孤独，谁就毁了梅兰芳。

和周围环境保持一致，安全省力，但容易令人沉溺，懒于进取，随波逐流。其实坚持适度的孤独，才能给自己独立思考的时间和空间，看清自己的方向，理清人生行走的路线。

出山在都市打转，我这个山里孩子，依然心如止水，内心向阳，喜欢孤独，喜欢喝茶，喜欢在书海中畅游。

经多了风雨的考验，挨多了现实的鞭打，我最喜欢的还是风轻云淡的黎明；看多了黑暗，最喜欢光，明亮之光，穿透人心之光。

盘点人生，山中十年，其实这是人生中一笔丰厚的财富，丰盈我一生。平坦之路难以留下清晰的脚印，只有经历孤独和艰难困苦的人生，方能行走在泥泞之路上，留下一串串坚实的足迹。

一只立志独立高飞的鹰，为什么要和只求安稳的大雁保持一致呢？

路遥在《平凡的世界》中写道："细想过来，每个人的生活同样也是一个世界。即使最平凡的人，也得要为他那个世界的存在而战斗。"

老山营盘，盘下了最青涩的岁月，盘下了最美最灿烂的军旅芳华。

生活还得继续，不敢懈怠，风雨兼程奔赴人生下一个渡口，另一个营盘。

新门口 10 号印记

　　新门口，在六朝古都南京城没啥名气，不甚起眼，平常如街边路旁一棵普通的树，默默地藏在闹市一隅，高高低低新旧不一的居民楼随意撒在小巷两边，从东走到西，再从西走到东，不会留下深刻的印象。唯独 10 号院子，门楼威严高大，门口挺立两个持枪哨兵，煞是引人注目，充满无限的神秘。

　　那年冬天，待在江北老山深处的我奉命出山，浑身都是甩不掉洗不净的山味，战战兢兢迈进了新门口 10 号院子，小心翼翼掀开其神秘面纱。

　　三个月考察期满后，10 号院子正式接纳我，留在宣传科当干事。干事干事，专门干事，见事就干，事事都要干。起始分管教育理论，后来负责新闻宣传。办公室位于三楼西头，透过办公室宽大明亮的玻璃窗户，俯瞰院内，风景这边独好，近可观察院内一切，远可眺望城外百态，市井人生，令山里出来的我如刘姥姥进大观园，好是新鲜。

搞文字工作永远都是进行时，白天未写完，晚饭后继续挑灯夜战。"子在川上曰，我在写材料""洛阳亲友如相问，就说我在写材料"。机关的参谋干事助理员都知道，写材料是个苦差事，是个费时磨人心性的差事，是提高文字、思考和总结能力的差事，也是一个伤身体的差事。

深夜，万物歇息，10号院子里万籁俱寂，院外灯火闪烁。有时写着写着找不到灵感，我会走出办公室，在三楼走廊里来回踱步，继而下楼，呼吸呼吸新鲜空气。山里生活惯了，喜欢抬腿就踱开大步，可在这逼仄的院子里，只能慢悠悠地转圈，绕着篮球场转个八圈十圈，陡然找到一些感觉，或是理出了新的路子，立马上楼，继续在方格纸上纵横驰骋，真的是"两句三年得，一吟双泪流""写尽八缸水，砚染涝池黑，博取百家长，始得龙凤飞"！

那时政治部一位科长资历老，是写材料的高手，威望甚高；还有，我在下工作组时发现，业务处几个老处长的笔杆子也令人惊叹，常带头执笔，手把手帮带年轻的参谋干事助理员。不过那时写材料注重的是写，只要敲定了路子，科处领导修改把好关了，再向上呈报不会有多大的改动。不知从何时开始，写材料变成了"推材料"，架上投影仪，摆上一堆文件材料，领导端坐中间，两旁围一干人，你一句我一句，逐字逐句抠，删了加，加了改，十天半个月弄出初稿，接下来一稿二稿三四稿，常常没完没了，最后还是回到第一稿，让人听说写材料就恐惧。有的部门起草材料，还会找个藏在山里或僻静处的招待所，专门组成一个班子，开支不少，费时费力，真折腾人。回头看看，我有幸没被这么折腾过，好多大材料，多是一人一笔一灯一杯浓茶也。

记得正式进院子后，领导找我谈话，语重心长提要求："立足新门口，仰望新街口（原机关所在地），眺望中南海（总部）；干工作要走新路、赋新意、有新气象。"

吟安一个"新"字，捻断数茎胡须。新从何处来？从总结中来，从下基层接地气中来。当提笔感觉用词枯竭之时，我会挤出时间下基层。我所在部队地跨苏皖两省，向苏南挺进到镇江，可沾江边"三山"之灵气，观五洲山下汽车兵之神勇；向皖南挺进，可达大山深处，午饮当涂水，晚赏宣城月，铜陵江景入梦来。山里的士兵，在山里待久了，有了山的品行，稳重，少言，吃苦，奉献，忠诚，热心。在山里站站哨，巡巡库，一起搞收发，接足了地气，浑身有了力量，也找到了下笔的方向。每次进山，都有沉甸甸的收获，都是军旅一次难忘的历练。

印象中，进10号院子遇到的最大的困难是房子。身处繁华地段的部队机关，寸土寸金，人多房子少，要想空出一间小房子，比登天都难。我调进10号院子，家属和孩子还在老山深处的军营里，周末进出山交通不便。好在修理所有个姓周的老乡，将北崮山老单位的一套房子借我解燃眉之急。谁知没多久，寄居的单位清房，每天打电话赶。那些日子，心力交瘁，每晚加班后，徘徊在院子里，望着院内外万家灯光，十分的羡慕，何时能在都市拥有一盏属于自己的灯火呢？后来组织出面，腾出礼堂二楼的一间器材室，总算将家属孩子安顿了下来。进机关三年后，有幸分到了一套房子，在10号院子里才真正地安顿下来。

日子清清浅浅，一天天翻过，写作困倦或心烦意乱时，我会站在办公楼前的球场上仰望，被逼仄房子切割过的天空像一条色彩缤纷的河，还有点像老山中的水库。那些零星的流云，诗意地摆在天空中，仿佛河中湿润的卵石，也像山中一团浮动的雾，更像一片片森林，看着看着，心情会好起来，仿佛自己回到了山中，有清风做伴，有鸟语啁啾，有花香引路。

院子里待久了，找到一些工作规律，年初下基层督促党委新年下达的决策指示，指导完成正常的业务工作，检查教育落实等情况；年底下基层考评党委班子，协调搞好年终总结和老兵退伍，为召开党委扩大会做准备。铁打的营盘流水的兵。六年后，我奉命出新门口，挥别金川河，不由想起进门时领导的要求，于是稍作改动："出新门、走新路、有新意，一生不忘新字。"营盘是铁打的，可是单位却不见了，隐没在了历史的长河里。有天特意重回新门口10号看看，已有新单位进驻，池塘中早盖起了一幢大楼，院子里唯一的风景也没了，院中出入的全是陌生的面孔，物是人非，长叹连连。

军队打胜仗，变是必然的。在10号院子里曾经奋斗过的岁月，一生难忘。那些曾经关心帮助我的领导和战友，我终生难忘，铭刻在记忆深处。

　　回望10号院子，感慨万千，人生无论在何处，始终记得走新路，有新意，更要注重吐故纳新，温故知新，标新立异，让生活过得日日出新，让人生之路焕然一新、万象更新！

海边绽放火红的木棉花

江南三月，草长莺飞。我从古都南京来到福建晋江某部海防四连，准备在连队住上几天，交点兵朋友，接点地气，长点底气。

住进海边连队，最先引我注意的，不是咆哮的海浪，也不是呼啸的海风，而是一棵棵高大、粗壮、挺拔的木棉树。

"几树半天红似染，居人云是木棉花。"赶上时节，木棉花绽放正旺，五片拥有强劲曲线的花瓣，包围一束绵密的黄色花蕊，收束于坚实的花托，每朵有饭碗那么大，迎着阳春自树顶端向下蔓延，酷似一只只火红的风铃，骄傲地挂满树干，不时摇响青春奔放、活力四射的铃声，又似乎是在欢迎我这个远方的来客。

其实，我对木棉树并不陌生，曾在闽南漳州光明山下的军营生活过三年，连队后面的山坡上有棵木棉树。每当这个季节，木棉花盛开，火红耀眼，引人注目。那时流行朦胧

诗，我对朦胧诗非常感兴趣，也学着写过不少诗，尤其喜欢
舒婷写的《致橡树》——

> 我如果爱你——
> 绝不像攀援的凌霄花，
> 借你的高枝炫耀自己；
> 我如果爱你——
> 绝不学痴情的鸟儿，
> 为绿荫重复单调的歌曲；
> …… ……
> 不，这些都还不够，
> 我必须是你近旁的一株木棉，
> 作为树的形象和你站在一起。
> 根，紧握在地下；
> 叶，相融在云里。
> …… ……

当时我对这首朦胧诗似懂非懂，后来才知这是作者表达
情感而所作的诗。

木棉花是广州的市花，也称"英雄花"，主要源于一个
传说。一位黎族老人对外英勇抗敌，最后因叛徒出卖而不幸
牺牲，后来老人化作一株株木棉树，乡亲们为了纪念他，便
将木棉树称为英雄树。另有说法，有的说它能傲风寒，以

怒放来宣告风寒的败退；有的说它即使跌落于泥尘，也是整个花朵一并落下，像不屈的英雄淌下的血泪，它跌落后，不褪色，不萎靡，不抱怨，不祈求，大大方方幸福地道别尘世……

我打小生活在山里，见过无数的树。入伍到部队，因职业的关系，去过很多地方，见过许多种树，唯独发现木棉树是很奇特的树：花开叶不在，花红叶不绿。或许是花急着要绽放，表达自己积蓄已久的情感？或许是叶较谦虚，故意慢个半拍，让花先行一步，以抒怀其浓浓的情意？

从忙碌的机关沉到基层，在连队静下来，安心住上几天，过几天久违的连队生活，一切似乎都很陌生，一切又是那么熟悉，处处看见自己当年的影子——这里是我军旅生涯的出发阵地，是我一切力量的源泉，更是我写作取之不尽的宝库。

每天夜晚，我枕着风声涛声，闻着兵们的汗味安然入梦；清晨，哨声准时把我从梦中催醒，昂扬高亢的呼号声振作了我一天的精神，海边那一轮初升的红日，更给我增添无穷的力量。我情不自禁地合着兵阵的节奏，在木棉树下的训练场上，和兵们一起喊着口号，一起肩靠肩瞄靶，一起下地种菜，一起到海边哨所站哨巡逻……

天天和兵们在一口锅里搅着勺子，在偌大的训练场上操枪弄炮，夜晚听他们的梦话和磨牙声，陡然发现，他们宛如一朵朵火红绽放的木棉花——可爱，有爱。

火红的木棉树下，第一个认识的兵是稚气未脱的列兵戴祥健，见人就笑，满脸阳光。他在跑四百米障碍时右脚不幸扭伤，打上石膏后，需休息三个月。连队干部考虑到他在班里生活不方便，就照顾他搬到了连部，和文书、通信员住在一起。

每天连队操课哨一响，戴祥健有些坐不住，趴在四楼的栏杆上，羡慕地看着战友们走向训练场，心情有些失落。原来他是想着自己落下来的训练课目，担心伤好后赶不上。为了不让自己闲着，他每天都坚持扶着墙壁或单腿跳跃，在连部热心为战友接转电话，擦拭走廊栏杆，打扫房间卫生……我问他受伤的事家人是否知道，他说一点小伤不能告诉家里，怕他们担心，何况自己是个军人，这样的事咬咬牙挺挺就过去了。

木棉树下认识的第二个人——连长杨其祥。别看他个子不高，身体略显单薄，但只要他往兵阵里一站，就可发现他与众不同的气质，口令喊得山响，五公里越野考核，他身轻如燕，徒手一直保持着二十分的纪录，让人不用猜就知道是只领头雁。指导员王超在上级帮助工作，其他的干部又都去团里集训去了，大小事情都压在了他的肩上。每天杨连长从训练场上下来，就匆匆往菜地里跑，接着又在猪圈转悠，晚上他还要站在讲台上搞教育，真是两眼一睁，忙到熄灯。

士官侯晗飞的父亲患脑瘤，急需住院费，含泪徘徊在木棉树下，不知如何是好。"小侯，不要急，再大困难组织给你当靠山!"连队干部主动靠了上去,一边发动大家捐款,一边向上反映情况,争取组织关心支持;团里要求上报基层干部困难补助名单,支部破例将小侯报了上去。六班长申金口中长了个疮,王指导员心急如焚,连夜将他送到医院。第二天,王指导员依照家传秘方,爬上驻地的深山里,采到了治疮的草药,使小申很快痊愈出院。漫步在木棉树下,引发无穷的感慨。四连是"海防模范连",而木棉树又名英雄树、烽火树,它长在这样的模范连队,不知是有意种的,还是一种巧合?不过,我对连队这一棵棵高大挺拔的木棉树十分敬畏,总觉得连队因这些英雄树更非寻常。打量着树上这一朵朵非同寻常的木棉花,它火红而不娇艳,美丽而不媚俗,质朴而又大气,令人敬仰!那红得犹如壮士风骨的花蕾颜色,像英雄鲜血染红的树梢,又如一只只火红的号角仰天长鸣,正向天空奏响一曲壮丽的赞歌。

"送君别有八月秋,飒飒芦花复益愁。"世界上走得最急的是最美好的时光。转眼要离开连队,离开可爱的兵们了。站在营门口,我不想挪步,兵们也恋恋不舍,犹如亲人也远走,反复地对我说:"常回来看看我们⋯⋯"

"却是南中春色别,满城都是木棉花。"车行远了,我回头一望,陡然发现连队就似这一棵棵高大粗壮挺拔的木棉树,而连里的每个兵就似这树上一朵朵可爱的木棉花,时时绽放在海防线上,任凭风吹雨打,从不畏惧。

下连当兵的日子

"红红的脸庞绿色的军衣，你就像一棵白杨昂然挺立，摸爬滚打从不叫苦，巡逻站岗顶风傍雨……"每当听到这首歌，我就会自然而然地想起下连当兵时认识的那些可敬的士兵兄弟。

初夏时节，军区机关组织干部下连当兵，我换上迷彩服，挂上列兵军衔，住进了某部通信连三班。方正的被子，雪白的床单，干净发亮的地板，摆放整齐的物品……这一切都令我这个从军三十余年的老兵有初入军营之感。

睡在我上铺的战友叫江贵，安徽贵池人，中等个儿，红红的脸庞，黝黑的皮肤，见人就笑，露出两颗小虎牙。他起始见到我就叫首长，叫得我很是别扭。我反复纠正他，我是来连队当兵锻炼的，要么直呼我的姓名，要么就叫我老李。他眨着小眼睛迟疑了一会儿，觉得还是叫老李顺口一些，于是班里其他战友也跟着这样称呼我了。"老李，今天你的被子还要整一下。""老李，今天你站第三班岗。""老李，你和我一起去整理菜地。"他们这样与我交谈，一下子推倒了战友之间那堵陌生的墙，让我这个"60后"很快和这群"90后"战友融在了一块，天天开心地和他们在一个锅里搅勺子，在排房里吹牛拉呱说笑话，人似乎也年轻了很多。

久违的连队生活，一切是新鲜的，一切又得从头学习。江贵自然是我老师，他教会我快速打背包，教会我熟记无线密码的规律，教会我在山里识别野菜，还教会了我用小铁锹煎鸡蛋……

晚上7点，连队组织看《新闻联播》，班里的战友见我年纪大，腰又不好，特意从连部给我搬来个高方凳，这看似是对我这个老兵的尊重，实际上是对我的考验。坐上这个凳子，腰是舒服了，位置也高了，但形象却矮了，与战友们的距离更远了。我让文书将凳子搬走，一屁股坐在写有我名字的马扎上，重新尝试将笔记本放在大腿上记笔记。我发现，战友们向我这个老兵投来了敬佩的目光。

连队中晚餐皆四菜一汤，两荤两素，味道挺不错。我在就餐中发现，有个叫"王大脚"的兵添饭时，好多战友都冲他笑，令他好不尴尬。原来是笑他饭量特大，每顿都能吃满满两大碗。"王大脚"真名叫王大鹏，东北人，身高1米80，魁梧壮实，是个有线兵，因穿47码的鞋而得此外号。一个兵天天吃饭时都被人笑话，其压力可想而知，我决定想办法帮帮他。

有线兵每天都在营区外的水库大堤上训练，我们三班有天恰巧也在附近执行任务。快到晌午时，蝉声如潮，烈日当空，晒得皮肤灼伤般生痛。见王大鹏独自在烈日下理线，我有意朝他走去。他见到我有些腼腆，不知说啥好。为打破尴尬，我就说我也曾当过有线兵，想陪他跑一趟。他一听我想陪他放次线，兴奋地点头答应了。

口令响起，我和大鹏斜挎着络车奔跑起来。王大鹏一双大脚呼呼生风，像离弦之箭在水库滚烫的大堤上飞奔起来，很快把我甩得老远。

"加油！"返回收线时，树荫下的战友们情不自禁地为我们鼓掌欢呼。回望长长的大堤，我上气不接下气，步子明显慢了下来，可王大鹏速度未减，不时回头鼓励我。尽管我咬牙拼命地追赶，最终还是比他慢了五分钟。

我跑到终点时，浑身湿透，坐在了地上，真正体会到了有线兵训练之艰辛，也真实地看到了王大鹏过硬的军事素质。

当晚，我特意给连队板报组投了一稿，题为《我和"王大脚"比武》，稿件结尾特意加个点评："连队的战友来自五湖四海，亲如兄弟，需相互尊敬，相互关心，不能随意给人取外号。大鹏战友是好样的，一双大脚无人比，训练成绩顶呱呱，向他致敬！"当晚熄灯前，此稿吸引了全连战友的驻足评点。第二天就餐中，我发现王大鹏添饭时再也无人笑他了，从此我俩还成了无话不谈的好朋友。

当兵期间，我患了重感冒，整天咳嗽不止，挂水、吃药均不见效。晚上，我怕影响战友休息，便悄悄起床躲在排房外面咳。江贵睡觉很警醒，听到我起来了，立马轻轻下床来给我送件外衣披上。训练间隙，江贵热心陪我到卫生队取药打针。他见我感冒日渐加重，不时叹气，企盼天气转暖，让我尽快好起来。

一天晚点名后，我靠着床咳得厉害，这时江贵变戏法似的端来一碗热气腾腾的雪梨汤。他说这是他妈治咳嗽的一个偏方，特灵，保准喝下就见效。记得小时候我患感冒咳嗽，母亲常给我喝冰糖炖雪梨；平时在家，也曾见妻给儿子炖过这汤。可在这偏远的基层连队，熬制这个偏方肯定不易。

我感激地接过江贵递来的梨汤时，意外发现他手上有几处烫伤，便问个中原因，他说是生煤球炉时不小心烫的，过几天就会好。打量着他手上那红红的伤口，我这个老兵的双眼湿润了。其实他比我儿子仅大一岁，经部队这个大熔炉的培养和锻炼，小小年纪竟学会了关心和帮助他人，这种浓浓的战友情谊，深深地打动了我这个老兵的心。

连队的上等兵张阳在训练时右手的无名指不幸受伤，因旅医院条件限制，长时间未痊愈，天天急得吃不下饭、睡不着觉。我正好认识南京总医院骨科的赵主任，就请假专门带着他到总医院骨科就诊。赵主任诊治张阳的病情后，特意腾出个床位让他住院，并亲自为张阳主刀做了手术。一周后，张阳伤势康复良好，重返了连队，回到了他心爱的岗位上。

万流归宗，不离基层；天大干系，根在基层。我住在连队这些日子里，无会务之牵挂，无材料之纠结，无电话之烦忧，天天和战友们打成一片，乐在一起，就像古希腊神话中的巨人安泰俄斯一样，踩在连队肥沃的土壤里，接了基层这一股股地气灵气，心中长了底气，浑身都有使不完的力气。眨眼当兵锻炼一个月就要结束了，班里的战友和我难舍难分，依依惜别。

　　如今，我常接到连队战友的电话和来信，还是亲切地称我为老李，有请我在机关代办事的，也有让我找资料做课件的，更多的是向我问好，邀请我再回班里住几天。去年底，张阳退伍回河南老家了。王大鹏当上了班长，今年还代表单位在上级通信比武中获得两个第一。

　　岁月可以冲淡记忆，时光可以改变一切，可无论多久，我都忘不了连队这群可爱可敬的士兵兄弟。

夜宿海防哨所

夜色渐渐笼罩下来，海风吹着尖厉的口哨，海浪向海岸发起猛烈的进攻，发出隆隆呼喊，声似雷霆万钧，势如万马奔腾，似乎要把山顶突出部的哨所卷进波涛汹涌的大海。

那年我特意从千里外的机关大院，来到这个海边一线哨所，准备在此住一晚，体验一下久违的连队生活，交几个兵朋友。

哨所位置特殊，三面环山，一面临海，地势险要。在没有雾的晴朗白天，不用望远镜就可看见对面岛上的岗楼和茂密高大的椰林，还有持枪巡逻的哨兵。

哨所所长名叫陈亮，是个士官，个小敦实，机灵精干，皮肤黝黑。他简要地向我介绍了哨所的情况，当我提出晚上要站一班哨时，他显得有些为难，一个劲儿地说不行。见我是真心要站，只好安排我和他站凌晨的一班哨。

哨所分上下两层，楼下是宿舍，楼上是值班室。当我走进楼下的宿舍时，战士们早已上床休息。我悄悄地摸到靠门边的下铺睡下了，床上盖的尽管是专门为我准备的招待被，可盖在身上潮湿又沉重，散发出难闻的霉味，加上宿舍内浓浓的汗味和海上飘来的鱼腥味，不时直钻我的鼻孔，蚊子还嗡嗡叫着不时侵扰我，让我久久难以合眼，其实我到过的海岛部队都是这样的。而在这哨所的背面，便是繁华的现代都市，此刻正霓虹闪闪，光影迷离。有谁会知道，在不远处的海边山上，战士们天天生活在如此艰苦的环境里？又有多少人会明白，今夜的平安是因为有他们忠诚的守护？

门外海上依旧喧嚣不止，海浪呼啸扑打着哨所下的峭壁，犹如一头头猛兽号叫着，随时可能破门而入；海风呜呜吼叫着，野蛮地抽打窗棂，让门和床都不停地颤抖，尚未习惯如此吵闹环境的人，一时是无法入睡的。

凌晨1点30分，我和陈亮上哨了。岛上此时温度骤降，尽管我裹着大衣，可一阵海风吹来，寒战连连。海面黑如锅底，什么也看不见。我发现身材单薄的陈亮却一点不觉得冷，浑身精神十足。他说这个季节的风根本不算什么，最厉害的是冬天的风，吹到脸上似刀子刮，疼痛难忍，不几天脸上手上就会裂开一道道血口子。

陈亮先带着我来到哨所的二楼，熟练地打开夜视器材，这可是所里的千里眼，变换着多个角度，将附近海面搜索了一遍，未见异常后，又带我到哨所四周巡逻。他一边走，一边如数家珍地向我介绍这个坑道与何处相通，那个地方曾发生过什么，遇到紧急情况该如何处置……

路过哨所前一棵枯死的马尾松时，陈亮停下脚步，告诉我这棵树叫"励志树"。他说他刚来哨所站岗时，还没有建岗楼，执勤时怕被台风吹跑，就将腰带和人一起绑在树上，渐渐地树干中间的皮被磨光了，时间一长树也干枯了。为激励一茬茬官兵爱所守边，就给树起了这个名字。每当新兵进哨所，所里都会组织他们在树下上一堂政治教育课，激励他们继承光荣传统，守好每一寸海防线。

巡逻路上，我问陈亮长年累月守在这里，除生活枯燥乏味外，最苦恼的是什么？他说主要有"三怕"："一是怕台风，因为台风一来，执勤和生活十分不便，接哨都要走坑道，万一不小心就会被风刮下海；二是怕毒蛇和蜈蚣，每到夏季它们就会频频造访宿舍，甚至爬进战士们的衣裤里，稍不注意就会被咬伤；三是怕雾，云雾满山飘，衣服在雾中晾干后总有股难闻的盐巴味，常年在雾里执勤，有的战士患上了关节炎等病症，一直难以根治。"

凌晨两点半，我眼皮有些打架，睡意也一阵紧似一阵地袭来。"来，这个给你，眼皮上擦点就好了。"陈亮递给我一瓶风油精，我照他说的方法一试，果然精神多了。

站完岗，陈亮还有事落在后面，我独自回到宿舍，打着战钻进被窝里，浑身没有一丝热气，好久才有了点睡意。正当迷糊之时，忽然发现一根乌黑长长的东西从门缝中慢慢伸进来，好似乌黑的枪管，莫非是敌人来偷袭？睡在门边的我猛然一惊坐了起来，定睛一看，原来是陈亮巡查完回来，怕推门声吵醒我，就用他那把四节电池的黑手电筒轻轻地将门推开。

"你今晚可受苦了。"陈亮发现还是吵醒了我，有些歉意地对我说。"你们天天都这样，我睡一晚算什么呢？"我小声应道。

半个小时后，我刚睡着，睡在我对面下铺的陈亮起床的声音又一次把我吵醒了。我小声问他什么事，他说："有情况！"说完，他抓起手电出了排房。

一听"有情况"，我的心陡然揪了起来，海边一线哨所的"情况"是说来就来的，容不得半点马虎，今晚我作为岛上唯一的干部，可不能失责，也赶忙穿上衣服冲了出去。

哨所在悬崖下面养了一只狗，特意关在避风处，正对着大海，遇到情况就可及时报警。刚才陈亮在床上听到今晚狗的叫声有些不对劲，便起床来看个究竟，他们前段时间就协助地方抓了几个偷渡的。

从哨所下到海边沙滩，有条陡峭狭窄弯曲的小路，有十多米高，行走不便，一不小心就会掉下去。陈亮关掉手电，他和我一前一后小心翼翼向下面搜索过去。

下到半山腰，陈亮小声示意我留下，让他先下去，说一起下去真遇到情况被对方控制，连个报信的都没有。他这一说，气氛陡然更是紧张。说完，他端着枪继续沿着小路向下搜索。

我静静蹲在小路旁的草丛中，借助夜幕下微弱的亮光向下观察起来。漆黑的大海上，海浪的怪叫和海风的呜咽，让我的心悬了起来，峭崖下狗的叫声依旧未止，间或还有扑咬之势。据平时经验，狗没遇到特殊情况是不会这样叫的。

五分钟，十分钟，二十分钟过去了，哨所下面未见半丝动静，也未见陈亮返回，狗吠声仍未停止。

莫非陈亮真遇到"情况"了？下面的沙滩和海上漆黑一片，什么也看不见，我连忙找了棵树隐蔽起来，随即靠着树打开了枪的保险，准备随时处置突发"情况"。

半个小时后，陈亮终于从悬崖下的小路上来了，我揪着许久的心也放了下来。原来他搜索到下面后，没有急着冲出去，怕真遇到什么"情况"暴露了应付不过来，就先潜伏在草丛中观察了二十分钟，确认未发现什么动静后，才走近狗窝。只见足有半个脸盆大的海龟爬到狗窝前，狗见这么大的动物想侵犯自己的领地，不停地蹦跳狂叫，想以此赶走海龟，可海龟觉得自己好不容易爬上来，先透透气再说，就一直箪着不走。陈亮走上前，抱起海龟，扔进了海里。然后，他打开手电，在周围地毯般搜查一番后，未发现什么，这才放心返回。

回来的路上，我问陈亮是不是常遇到这样的情况。他说："在这种特殊地点站岗执勤，宁可辛苦上百次，都不能漏过一丝情况，确切地说，睡觉都要睁着一只眼。晚上稍有风吹草动，不管是刮风下雨或是电闪雷鸣，都要及时起床，确保了海防线的安全，晚上才能睡得踏实。"

我和陈亮回到哨所后，早已困得不行，上床后很快进入了梦乡。后来，也不知陈亮起来过几次。

清晨，海边升起红日，哨所和沙滩披上了绚丽的霞光。战士们披着金灿灿的霞光，开始在山间小路上跑步。陈亮正好要到连队办事，就和我一起下山。行至山腰，我回望山顶的哨所，想着天天在这海防前线站哨值勤的战士，心里久久不能平静……

没有所谓的岁月静好，只因为有千万个军人忠诚的守护！

对纸的敬畏和感恩

遇见每张纸，我都不会轻易处置，因为每张质地温柔的纸，上面盛满灿烂的阳光，浓缩造纸人的辛劳，蕴含无穷的希冀，更对它充满敬畏和感恩。

入伍到闽南漳州光明山下，火热的军营生活，让我每晚难以入睡，总有写作的激情在体内奔涌翻滚，宛如山上潺潺的小溪，绵延不绝。

写作需要纸，每月六元津贴，常常捉襟见肘，根本没多余的钱用来买纸。一日午饭后，连队组织我们班到团卫生队出公差，在门诊大厅，我捡到一本处方纸，质量不错，白颜色，正面有字，占据一些空间，反面倒是全部可用，便开心地将其带回连队。

晚上，熄灯号响过后，我铺开被子，放下蚊帐，悄悄来到连队俱乐部。

漳州金秋，瓜果成熟，一阵风起，香味在营区里无拘无束地飘荡，空气都是甜的，日子也有些甜味。

我从口袋里掏出处方纸，摊开在偌大的乒乓球桌上，白天练兵场的场景，此刻如电影慢镜头在脑海里闪现，再沙沙地流淌在纸上，流淌在军营每个充满雄性味的日子里。

不知不觉，夜已至深，月亮当空，树影摇曳，排房里早已鼾声如雷，俱乐部里的我灵感如江水奔腾，万马驰骋，全都倾注在这一张张小小的处方纸上。

纸小故事多，眨眼这本处方纸就写完了。

每晚躺在床上，翻来覆去，没一丝睡意，因为想写的东西实在太多，可是没有纸，如同一个战士上了战场没有武器，有了武器没有弹药，那种痛苦和煎熬真的无法形容。那些日子，脑海中天天想着纸，甚至打靶多余的靶纸，也被我捡回连队，裁成大小一样，用夹子夹着，再在上面写满稚嫩而又鲜活的文字。

星期天，连长抽人去团机关办事。机关办文办电，肯定四处是纸，我主动请缨。团机关屹立在连队正对面的山腰，簇拥在一片茂密的桉树林里。

对基层战士来说，是个神秘而又庄严的地方。

完成任务后，我有点不想走，负责接待我的干部问我还有什么事，我直说想要点纸。干部觉得好是奇怪，问我做啥用，我说写作。他返回办公室，在桌上撕了几张公文纸给我。

回到连队，仔细端详这几张纸，坚韧绵实，细腻白泽，折一折也没多少皱纹，好几天都舍不得用，犹如拥有一件来之不易的宝物，总想派上大的用场。正如日本著名美学家柳宗悦先生所说，越美丽的纸，越不敢草率使用。

那时没有手机，没有网络，与家人和朋友交流，只能靠写信。每次给要好的朋友回信，结尾总是不忘叮嘱，回信多寄几张信纸给我。僧人化缘为乞食，我四处"化缘"皆为纸。东西南北的友人，邮来各式漂亮的信纸，有的纸上带着香味，有的纸上印有漂亮的图案，还有的纸上印有充满哲理的话。这些纸同样舍不得用，大多保存至今。随着时间的流逝，竟染上些寂寥的色调了。翻看这一张张信纸，忽然打开了记忆闸门，情不自禁想起这些友人，忆起当时自己青涩的军旅岁月。

入伍第二年，经熟人介绍，拜访在倒桥师机关工作的老乡领导。临别时，他问我在连队有何困难，我说就是写作没有纸。他笑了笑打开抽屉，塞给我一叠柔软的白纸。

光明山下静寂的夜晚，我铺开一张洁白的纸，写点什么呢？不能浪费每次好不容易得来的纸，正如不想挥霍在军营的每个日子。人在醒着的时候，总要干点有意思的事情。获得这一张张珍贵的纸，同样需要倍加珍惜，使之在军旅岁月长河里留下或深或浅的印迹。旁枝杂叶，打上了省略号，感动至深的人和事全部遴选出来，倾注笔端，如繁星一样撒满在白纸上。多年后，每当读着当时在白纸上留下的一行行饱蘸深情的文字，就会想起去倒桥师部的情景，忆起赠我纸的人，是胖是瘦，是热情还是冷淡。有时候我会想，当一个人沉醉于某人、某事或某物时，一定是世界上最幸福的。我沉醉获得更多的纸，记录下了军旅每个充实非同寻常的日子，记录与我相伴的每个战友，既幸福，又快乐。

三年后，我离开光明山，挤上绿皮车，一路北上，来到位于南京江北老山深处的营区，开启了新的军旅航程。一张张或大或小的纸助推我向前奔跑，成了团机关政治处一名干事。机关干事和参谋、助理员一样，每天忙的是上传下达，办文办电，事无大小，样样要动笔用纸。那时电脑未普及，机关仅一台老式打字机，有的字根还不全，大部分文电都要先在纸上打草稿，再誊抄在正稿上。写材料，写新闻，写讲话稿，全都离不开纸。处里经费不足，纸常常告急，每张纸都需要正反两面使用。纸，依然是个稀缺品。

领导知道我喜爱写作，每月特意奖励我两本红格稿纸。

老山深处的夜里，繁星满天，月亮皎洁，特别宁静。白天机关的繁杂关在了门外，拧亮台灯，铺开稿纸，让自己的心静下来，再静下来，在这一张张珍贵的纸上，开始写点自己喜爱的文字。那些日子，我做着许多的梦，为了实现这些梦想，充满无穷的动力。写好草稿，反复修改，重抄后已是凌晨两三点。有时脑子里依然静不下来，无法睡着，这时黎明军号响，又得起床出操，扎着腰带去拥抱新的一天。

攥着这一张张或大或小的纸，在山里军营的那些无数个夜晚，隐于山间的我到底是如何挨过一个个难眠之夜的，至今有些细节已记不太清。唯有山野小溪的清寂，蛙鸣和夜鸟的悠远啼叫，一波又一波地涌进简陋的宿舍，在一张张普通的纸上洇散出来，变成沉甸甸的文字。

山里生活久了，向往山外的世界。有时出山的机会错过了，就在纸上安慰自己，或许功夫未到，需继续埋头在纸上耕耘，相信总有一天能领到出山的钥匙。

寒来暑去，冬去春来，随着一张张纸的堆砌，笔下有了喜色，人生有了收获。清晰记得，那是个大雪纷飞天，老山银装素裹，宛如一张洁白的大纸摊开在大地上，出山之门为我徐徐打开，那张大白纸为我铺成了一条进城之路。进城后，我从一个机关又调到了另一个机关，无论在哪，我依然以笔为剑，与纸朝夕相处。只是用纸越来越方便，且拥有了自己的电脑和打印机。

环境变了，初心不改，从不会浪费一张纸，正如从不挥霍军营每个日子，总极力在纸上写点有意思、有意义的东西，让文字散发出一点思想火花。

至今想想，在深山军营那些年极为珍贵。那时自己的人生像一页白纸，那么干净，那么纯粹，那么上进，那么执着。敬畏每张陪伴我的纸，感恩每张托举我的纸！

尽管，有几年是我人生中最孤独、最辛苦、最难过的时刻。我想，每个人的一生中，都有或长或短的"孤独时刻"。怎么度过它，如何调整心态，则成就了不同的人生。所幸，每个日子里都有纸陪伴，都有火热的激情在燃烧，都有文字引领我前行。

有时候，是一个人让一页纸熠熠生辉；有时候，是一页纸照亮一个人前行之路。其实，每个人都像一张纯净柔软的白纸，上面写什么，记录什么，真的很重要。积极的心态，就会倾注向上的文字；消极的心态，就会留下晦暗的字符。

人生只要拥有奔腾不息、百折不回的激情，就一定能在岁月之纸上书写出磅礴大气之作。

后 记

每个老兵，心中都有一个不灭的情结，那就是老部队。

老部队旁的一湾小河，一个村庄，或是一棵树，都会成为老兵心中永恒的精神图腾。

而我的精神图腾却是一座山——光明山。

也许是一种巧合，也许是冥冥中注定，我这个山里孩子来到了光明山下，度过人生最珍贵的三年军旅时光。

小河、村庄、大树，或是一座山，原本没有什么特殊的含义，也无人关注。可一旦与部队毗邻而居，与军人朝夕相伴，自然而然就会赋予了新的含义，成为老兵念念不忘的情感地标。正如光明山，无时无刻不让我魂牵梦萦。

说实话，立在闽南漳州程溪的光明山，海拔百余米，平凡普通，没黄山之秀丽、峨眉之壮观、庐山之灵气、华山之险峻，初看没给我留下什么难忘的印象。可与它相处久了，我发现这山整天沉默寡言，颇有个性，经络外突，有棱有角，性格刚直，坚忍不拔，铁骨铮铮，浑身伤疤，炮轰岿然不动，弹雨从不胆怯，打一出生，心如磐石，坚守此地，风吹不动心，雨浇不挪步，酷似个无所畏惧的军人。从此，我爱上这山，爱上山下的军营，爱上山下的生活。

为何光明山让我魂牵梦萦？因为十八岁的我在山下直线加方块的营区，神圣地叫响了第一声"到"，惊飞了桉树上的鸟；在山下，我上体正直微向前倾，庄严地踢出了人生第一个正步；在山下，我头戴红五星，红旗两边挂，走到哪都像小老虎一样嗷嗷叫；在山下，我凝神静气握住枪，打中了第一个十环；在山下，我被深深地打上兵的烙印，从此就像人的胎记，伴随终生；在山下，我慷慨无私地献出了人生最美好的青春年华。

为何光明山让我魂牵梦萦？因为在山下，我认识了五湖四海的战友，聆听了四面八方的故事。战友之间的爱是无私而温柔的，在关心、包容、思念和理解的岁月里，我们彼此体贴扶持、共同成长。无论是工作中的困难与挑战，还是生活中的烦恼与忧愁，都有战友们在一旁默默支持，给予我无穷的力量和勇气，这份爱如冬日里的暖阳温暖着我们的心，让人生不再孤单。"喊一声战友啊，泪花闪……人生最美是军旅，是军旅……官兵情，战友爱，胜似亲兄弟……"这首军歌唱出了军人的心声。"战友"二字不仅仅是一个称呼，一个称谓，更是一种情感的寄托，它承载着我们共同的回忆与梦想，承载着我们之间的深厚情谊。在这人生的旅程中，

"战友"将成为我一生的财富，永远地镌刻在我的心中。而战友们无论身在何方，都是我心中最美的风景。

铁打的营盘流水的兵。秋叶黄，驼铃响。我离开光明山后，无时无刻不想念光明山，思念"老部队"，回忆曾经在山下的每个日子，想念曾经住过的老营房、朝夕相处的战友、连队的大排房、那喷香的大锅饭，还有连队门口那一排高大挺拔的桉树……

"那支老军号是否还在吹？连队现在的连长他是谁？炊事班的大锅饭今天是啥滋味？打呼噜的新战友睡得美不美？咱的指导员是否还挺累？探家的老兵何时把营归？中秋节月儿圆有多少笑声飞？年三十的风雪夜是谁上哨位？"

光明山，进山一片光明，出山光明一片。

光明山，在我的心里，是一盏永不熄灭的灯，是一把永不生锈的军号！

读苏东坡《定风波·莫听穿林打叶声》，感受颇深。"竹杖芒鞋轻胜马，谁怕？一蓑烟雨任平生。""回首向来萧瑟处，归去，也无风雨也无晴。"眨眼我离开光明山近四十年了，常像陆游那样，铁马冰河入梦来。一个老兵，无论何时，只要立在光明山顶，坚守人生的精神高地，顺境不骄，逆境不惧，看开看淡，知足感恩，生命就会有不同的意义。

人生，有了当兵的历史，无论时流怎么变化，那些独特的理念习惯，早已渗入骨髓，刻在心里，永不变色。比如关注军队发展，关心世界风云，信仰如磐，疾恶如仇，坚忍不拔，守时认真，办事干练，快言快语，走路生风，干脆利落，担当有为，不怕困难，敢于亮剑……

岁月如梭，老兵老矣，霜染双鬓。但光明山不会老，永远是我这个老兵的精神图腾。

结集出版《梦萦光明山》这本小册子，是我多年之心愿。遴选出的大部分文章，是怀念光明山下的三年军旅时光。这些文章多在《解放军报》和《人民前线》等报刊上发表过，如有不妥之处，诚请诸君多赐批评。

李 根 萍

2024 年 12 月于南京熙园

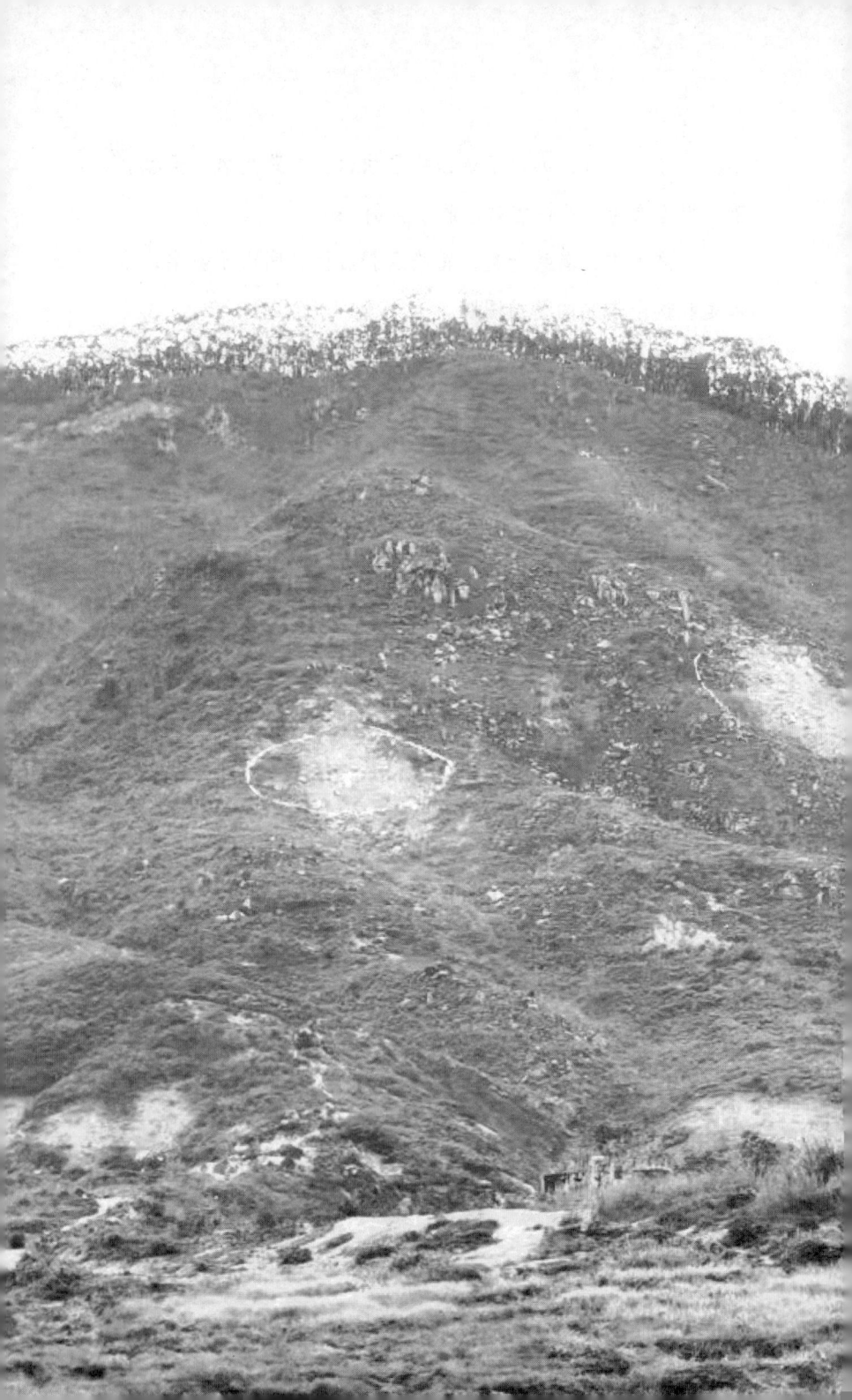